伴随孩子成长

Petites histoires pour devenir grand

风靡欧美超级畅销书

新手父母轻松育子圣经

谨以此书献给为宝宝的问题抓狂的爸爸妈妈们

[法] 苏菲·卡尔甘◎著　林文慧◎译

中国纺织出版社

内 容 提 要

本书推荐给您52个发人深省的童话故事，涵盖了生活中会遇到的许多问题，它们将搭起您与孩子之间的桥梁，使您借此与孩子建立起亲密无间的亲子关系。

童话故事有一种特殊的力量，能让孩子远离烦恼，化作童话故事里的主角，可以是小白兔、大灰狼，也可以是小公主、小王子……通过这些故事，可以让您更轻易地进入孩子的内心世界，感受他们的快乐或忧虑。

Petites Histoires Pour Devenir Grand

Sophie Carquain

Dutions Albin Miches S. A－Paris，2005.1

本书中文简体版经台湾华文网股份有限公司授权，由中国纺织出版社独家出版发行。

著作权合同登记号：图字：01－2009－0204号

图书在版编目(CIP)数据

伴随孩子成长的小故事/(法)卡尔甘著；林文慧译.

北京：中国纺织出版社，2009.4

(伴随孩子成长系列)

ISBN 978-7-5064-5507-7

Ⅰ.伴…　Ⅱ.①卡…②林　Ⅲ.童话—作品集—世界

Ⅳ.I18

中国版本图书馆CIP数据核字(2009)第017930号

策划编辑：曲小月　　　特约编辑：侯剑芳　陈计华

责任印制：周　强

中国纺织出版社出版发行

地址：北京东直门南大街6号　邮政编码：100027

邮购电话：010—64168110　　传　　真：010—64168231

http://www.c-textilep.com

E-mail：faxing@c-textilep.com

中印联印务有限公司印刷装订　各地新华书店经销

2009年4月第1版第1次印刷

开本：710×1000　1/16　　　印张：16

字数：290千字　　　　　　定价：26.80元

凡购本书，如有缺页、倒页、脱页，由本社图书营销中心调换

风靡欧美超级畅销书

新手父母轻松育子圣经

《伴随孩子成长的小故事》这本书，可以说是我此生译过的最好听的给孩子们的故事集……

译者：林文慧

我们的孩子

我们的孩子,我们对他们可说是了如指掌。指甲的形状,耳朵的弧形,清脆的笑声,他们的任性与脾气……很正常,不是吗?毕竟是由我们将他"制造"出来的。可是,很快地,有些事超出了我们的掌握。原因很简单,因为生活,真正的生活总是在无意中消逝……

他们有他们的秘密,他们的不安,他们的烦恼,他们的疑问:"为什么我喜欢她,而她不喜欢我呢?""爷爷在天堂怎么样了?至少,他很幸福,是吗?""那神呢?你真的相信神的存在吗?"

我们一直还把他们当成是含着棒棒糖、溜滑梯的小孩,现在他们其实已经被一些疑问、秘密压得喘不过气来。我们吃惊地摇头,我们这些做父母亲的人,有时会被一个无关紧要的事情勾起淡淡的惆怅,想着:"已经都这么大了……已经开始问这些问题了!"

是呀!都长大了……不用等到他们穿 39 号鞋子的年纪,就看到他们开始对世界提出尖锐的质疑了。

"想象力丰富的小孩,能明白人与宇宙之间无形的关系。"加斯东·巴舍拉(Gaston Bachelard)这样写道。认知的渴望是通往哲学的第一步。

我们常常为了保护他们不被伤害而装出像小丑般夸张的笑容,但孩子们却是心知肚明。他们的世界也不再只是些小碰撞引起的疼痛及天马行空的问题,现实世界里的荨麻也会刺痛他们。尽管我们做父母的每天早上像小王子一样,努力地清洁我们这个小小的星球,拔除有害的猴面包树,以免我们的孩子受到伤害。但千万不要相信他们外表上的平静就是平静。即使是在悸动的青春期来到之前,我们的孩子也不是生活在一个粉蓝、粉红的圆满世界里。

在三到四岁时，他们开始有死亡的概念；十岁左右，他们已经懂得死亡代表着永别。在这之后，就请努力铲除在他们面前那些狡猾的猴面包树吧……

因此，要如何跟他们谈死亡、性、友谊、钱财、悲伤、烦恼、孤单和同性间的情谊？还有离婚和争吵？如何告诉他们，夜晚不是那么黑，噩梦是无法避免的，大人也会犯错？

时代变了：我们不会再像20世纪初那样拿着棍子，用大量命令及强迫的口吻和小孩说话，我们也不再是爱打小孩的坏妈妈。家庭的民主化要求运用另一种沟通方式——较有诗意且少了像金属般冰冷的话语。

这样最好了！因为我们的小哲学家也热爱诗词，不喜欢那些冰冷的语言。

真是令人不敢置信，他们是个文笔多么优美的作家呀！有点像小王子，抗议画的羊总是不够漂亮，不够温驯，不够柔软。当他终于看到他理想中的羊，就高兴得不得了：将它藏在箱子里，就像一个故事、一项真理正等着被挖掘。

此外，我们的小孩也会这样对我们说："讲故事给我听嘛！可是要是真实的故事喔！不是枯燥无聊、冷冰冰又一丝不苟的那种爱说教的故事。"

他们不习惯总是聊自己的私事，也不是语言高手，他们讨厌和我们详细地叙述他们的烦恼。他们太害怕伤我们的心了，因为我们是他们的父母！他们宁愿说肚子疼，也不愿告诉我们在学校被勒索，或和同学相处得不好。

布鲁诺·贝特尔海姆(Bruno Bettelheim)在他的《童话世界中的心理分析》一书里指出："容易因失望打击而产生孤独感的孩子，时常很难用言语来表达他的感受。他只会以间接的方式来表示。"就因为不能说出口，他们把自己淹没在苦恼、愤怒的情绪里，而将所遭遇的事埋藏在心中。这时，若讲个能映照他心事的故事给他听，就如同给了他一条往上爬的绳子，一个自我成长的机会。

白天他在学校上课，我们上班，所以晚上是家庭时间。我们都怎么和他们交流呢？常常是从一连串的问题开始，如："乖乖呀，你今天在学校做了些什么？午餐吃得好吗？"此外无法避免地会问道："你考试分数好吗？"因为一整天的工作而无法和孩子交谈，所以当我们下班回家就急着想和他重新建立双方的对话关系。

当然，这一切都是出自好意。这种像警察审问犯人的方式——"我们一定有办法让你们说！”看起来很有效果，可是结果却常常令人失望。我们亲爱的宝贝只会沉默以对。孩童最讨厌大人的干预及好奇心。他们有自己独特的方式来摆脱这些问题，就如同鱼儿挣脱渔网一样。他们常常是一脸赌气的样子，无奈地说：“不要再问了”，“让我安静一下”……

巴舍拉在他的书《梦想的诗学》里指出：“儿童比成人更会隐藏他们的孤独感。”没错，他们的这些秘密真的是令我们做父母的觉得很不舒服。我们每次回家总是希望能完全拥有我们的宝贝，要他告诉我们一整天发生的所有的事。可是他总是不愿意，所以双方的沟通就迟迟无法建立。而在这种情况之下最需要晚上说故事的活动了。

从说故事中建立亲子关系，尤其是在我们最忙碌，没有时间陪伴他时。在晚上说故事的时间里，我们不是以一个爱支配人的父母亲的身份来和他说话，而是像朋友一样来和他“讨论”某些问题。

通过说故事可以转移他的注意力，将他从当下的情绪中抽离出来。我们要尝试着和他讨论故事中的另一个“他”——一个不会使他焦虑且能鼓励他表达的童话人物。你们感觉到他伤心或忧郁吗？那就从“很久很久以前”这句话开始：从时间中抽离，会让孩童远离烦恼，放下防备。因为这些童话主角——小白兔、小老鼠、小王子或小仙女，既是他自己，也是别人。当他听到被关在高塔里的小公主是多么伤心时，他将会恢复平静——已经很遥远了，是很久很久以前的事了。这个距离将会抚平他的焦虑。再告诉他小狼宇白的故事，一个被勒索的受害者，他可能会对你们说：“妈妈，这个故事，我觉得……”

当沟通变得困难时，从说故事中建立信任会比单刀直入的方式更有效。在施予中所获得的会比强取豪夺要来的丰富，这是显而易见的……

晚上说故事是从生活中偷得的一段美妙时光。各就各位，忘掉所有的事情，那些争吵、痛苦、责备和还未刷的牙。如果父母和小孩很少有相处的时间，那就一定要进行晚上说故事的仪式：这只需要最少的精力，却是不可或缺的程序。这个程序中有几个方面是需要引起重视的——

坚持晚上阅读：小孩子在稳定的生活方式下会有安全感。如果晚上说故事这个习惯被取消了，他必会嚎啕大哭，比不准他吃点心更严重。

保持一些讲故事时的习惯:如营造像剧院一样的气氛,关掉所有的灯,只留一盏小灯,让小孩子保持安静等。

使声音具备感染力:调整音调,让声音变得低沉,或为了模仿小老鼠而发出细小的声音等。极尽夸张之事,哪怕是念以前念过的文章,也要让感情自然流露出来。

简言之,就是尽你所能。而你有没有发现,当你念完膝上某本书中的一个故事后,你的孩子会跟你要求再讲一个,然后,又要你讲另一个?当他真的心满意足时,就不会再要求。

故事给小孩子提供了一个想象的空间,或一些影像,让他可以在漫漫长夜里自由地体味或思索。其实婴儿就已经可以感受到这种感觉了,当我们给婴儿一本书时,他会自由地任意翻转。是呀,他们会以他们的语言来表达自己的情绪!这其中的确是存在着某种重要且神秘的东西。书真是神奇!

在念故事给他听时,同时给他一把白色的小石子,一把不会被鸟儿叼走的小石子。

在去往阴暗森林的路上,他将把这些小石子带在身边,一路走一路撒。当他在黑暗中迷失,被问题、疑惑和烦恼困扰时,他将运用它们,找到回家的路。

作者:苏菲·卡尔甘

目录

CONTENTS

I 睡眠与黑暗 /001

II 家庭与权威 /025

CONTENTS

V 其他:同侪 爱情 社会 /105

VI 伤心 害怕 害羞 /135

CONTENTS

Ⅰ 睡眠与黑暗

1.小熊宝宝不想冬眠

十一月份来临时，在加拿大北部森林里，仿佛一瞬间，大自然就沉沉地睡过去了。

白天愈来愈早地打起了呵欠，小动物们你靠着我，我挤着你地缩成一团，鸟儿也停止了鸣叫，甚至连勤劳的蚂蚁也显得昏昏沉沉的，边走边打着哈欠地回到自己的窝。这时，小动物们就知道冬眠的时刻到了。森林最大的敌人不是长着一双黄眼睛的野狼，也不是豺，更不是暴风雨，而是冬天。冬天使得鸟儿不再歌唱，草木停止生长。

为了能好好睡上六个月，大家都认真地打理着他们的巢或洞穴。蚂蚁们到处收集细枝及青苔，鼹鼠将土坑挖得更深，以隔开初雪。燕雀也不喜欢雪，它们将巢筑在很高的树上，准备睡在自己那柔软如絮团般的羽毛下，把喙深深地藏进翅膀里。蜗牛们也绕成圈圈，躲在壳里，触角一并缩起，完全与外界隔绝。

小熊宝宝一家也正在为这漫长的一觉做准备。

“快呀！雷欧，去刷牙！”“带着你的玩偶，你的床已经准备好了！”“快呀！我的小宝贝，快去睡觉。不然，春天到来时，你会起不来喔！”

可是，雷欧对于冬天的来临感到非常不安，因为这是他第一次冬眠。冬眠对动物宝宝来说可是一个大考验。想想，当别的小动物一整天都在外面跑跳着玩耍时，自己却要躲在洞穴里，动也不能动，真是难以想象。

“我的天呀！”雷欧抱怨说，“为什么必须要有冬天呢？真希望一直都是夏天，能继续在岩石之间奔跑，把手掌伸进树干里，找出躲在里面的蜜蜂，在地上打滚，总之就是继续活着。”

“唉！果然还是个小宝宝呢！”熊妈妈玫瑰叹着气说。

和其他妈妈一样，玫瑰想要好好地休息。她储存了足够的蜂蜜，编织好了过冬的棉被，还简单修补了一下小熊宝宝的玩具。花了许多时间教导小孩们如何能嗅出蜂蜜，而不被蜜蜂蜇到。现在她除了想睡觉，还是睡觉，睡上个一百年，就像睡美人一样。

她陶醉地回想起了以往每一次冬眠。像毛球一样窝着，听着宝宝们的心跳声，静静地在家里养精蓄锐，好迎接春天的到来。“啊！冬眠！真是美好的人生啊！”她这样怀念着。可是，当她回想起自己还是一只小熊时，也一样对这漫长的睡眠充满了恐惧，她想：“所有的小孩都一样，都不喜欢冬眠，可是为什么呢？”

如果雷欧知道怎么表达自己的感受，他一定会说，其实是因为有点害怕，觉得如果他不在这里看着这一切，可能所有的现状都会改变，或者死亡。会不会在他醒来时，森林消失了，大自然不见了，天空也没有了，甚至是他的父母也不见了？会不会所有的树都倒了？一颗炸弹爆炸了？蜜蜂迁徙到了较温暖的国度，在醒来时一滴蜂蜜也没有了？蝴蝶也消失了？什么都不见了？

玫瑰妈妈笑着说：“你一定要对这一切有信心。你知道，大自然的运转不是由你来控制的啊。好几百万年前大自然就已经在那儿了！你的爷爷，曾爷爷，曾曾曾爷爷，还有所有的祖先都要冬眠的……在你睡觉的时候，你会跟着地球继

续转动。整个冬天,你的心脏会持续跳动,你的肺也会继续呼吸,而你的眼睛将会在美丽的梦里看见所有的事物。甚至你会在洞穴里改变睡姿,也会在睡梦中听到一些小小的声音。相信我,这和死亡是不一样的!”

她注视着雷欧的眼睛:“告诉我……你相信我吗?”

雷欧不再感到害怕了,他的不安就像白雪融化在了阳光底下。他闭上双眼,蜷在洞穴里,安稳地睡着了。

几个月后的某一天,和煦的阳光透过缝隙,照进洞穴里。他爬出来,一半身体还留在洞穴里,脑子昏昏沉沉的。

“睡了一个长觉醒来后,常常都是这样的。他知道不能立即睁开双眼,要慢慢适应光线才行,以免被阳光刺瞎眼睛。外面感觉好舒服喔!松树的味道,微风里夹杂着薄荷香,到处弥漫着清新的气味。”

“啊!我饿了!我要做一千罐蜂蜜,我要在森林里放肆地奔跑!我要叫醒所有的鸟儿!我饿了,我好饿,真的好饿呀!”

因为黑夜带来了灵感,雷欧跑去为全家人采蜜。黑夜使他懂事了许多!

给父母亲的话

◎ 夜晚与睡眠 ◎

小孩为什么不爱上床睡觉?

夜晚对他们来说象征着孤单和一种转变,由家庭及团体生活转变成孤独,由光明转变成黑暗,由嬉戏转变成死寂,由动态转变成静态。这些转变当然会吓坏他们,甚至会使他们胡思乱想,以至于引起他们毫无理由地尖叫。

但是,为了休息及学会独处,夜晚对小孩子来说是不可缺少的。这是一段有助于小孩子内心成长的私人时间,在这段时间里,他们将第一次和真实的自己面对面。

为什么他们必须要一个人睡?

睡觉这件事是无法找人代劳的,做母亲的最好也不要留下来陪孩子入睡。

如果我们留下来陪小孩，就等于认同了小孩子所坚信的“黑夜是令人恐惧的”这一想法。在母亲的保护之下，小孩子会心安理得地认为：“我害怕是有道理的，我的确需要你在旁边陪我入睡。”然后他就开始一连好几个月对你进行哀求，每晚都要求你陪他入睡，最终形成难以收拾的局面。

明确地说，适应夜晚是他们学习独处的第一课，这是他们无论如何也无法避免的。

我们可以做的事

我们可以事先告知小孩子上床睡觉的时间，比如明确告诉他们说再过十分钟就要去睡觉，现在开始道晚安吧！并把要讲的故事数量控制在一个或两个左右，不能再多。另外，我们要把他一直形影不离的娃娃或布偶留给他，或放一本书在他床头，书也算是一个好同伴，这样就不会让他觉得孤单。

此外，还可以和孩子一起准备隔天要穿的衣服，并把它们放在显眼的位置（这暗示着黑夜将会过去，白天即将到来），这也是一种说“明天见”的方式。

我们要注意，在任何情况下，都不可轻易地把睡觉这件事当做一种威胁。例如：“你这么不乖？那就去睡觉。”同样也要避免在睡前制造不安或紧张的气氛。如果我们把睡觉当成像是进屠宰场一样，或把它当成一件不得已的事，那么睡觉的乐趣就会转变成一种酷刑，对小孩子们来说也是一样。

重要的句子（您可以这么说）

◆“睡眠是为了要消除疲劳、补充体力，早上起来时，才会精神饱满。”

◆“不要担心会被遗弃，当你睡觉的时候，世界仍会继续运转。”

◆“你知道睡觉时会长个子吗？这是因为身体会在晚上分泌成长激素，这种激素会让你长高。”

2.月亮觉得大家都不喜欢她

有一天晚上,月亮心情不好,搓着双手,抗议地嚷道:“够了!我受够了!我再也受不了了!!!”

她不断地抱怨,最后终于吵醒了正如婴儿般酣睡的黑夜。

黑夜边打着呵欠边说:“吵死人了!如果你再继续这样闹下去,你会吵醒所有的小孩,你的工作可是为了让他们睡着的!而且,你的工作又那么轻松,裹在我那深蓝色的大外套底下,只要睁着一只眼,稍微注意一下世界的运行,并确定小朋友们都已经乖乖地躺在床上睡着就可以了。”

月亮低着头,伤心地说:“我受够了大家都不喜欢我,人们只喜欢太阳!当他升起时,所有的人都会高兴地说:‘哇,太阳出来了!又是崭新的一天!’可是,当你那深蓝色的大外套一罩下,到我出现……”

“然后呢?”黑夜耸耸肩膀问。

“然后就完全都不一样了呀!大家连个招呼都不会跟我打!”

黑夜摸了摸喉咙,说:“大人们可能会忘了你,可是小朋友们就不一样了,他们可是会像对公主行礼般那样向你问好呢!当你出现时,他们会兴奋地叫着:‘你们看!月亮!是月亮耶!’而且眼睛还会发亮呢。”

但这晚无论黑夜怎么安慰月亮,她都提不起精神,她叹口气说:“唉……可是有些时候,在一些恐怖的夜晚,当我变圆时,人们总是把我……把我……”月亮皎洁的脸因为羞愧而涨红了。

“把你怎么了?”黑夜问。

“把我和街灯搞混了!真的,完全搞混了!已经发生过这样的误会了!”

“街灯,不错呀。还能照明人行道,很温暖的呀。”黑夜这样回答。

“可是我比街灯高多了!我的天!那为什么他们不把太阳和床头灯搞混!”月亮哽咽地说。

过一会儿,她又开始唉声叹气:“没有人知道我的辛苦……甚至连小朋友都觉得我没有什么用处。你看他们画的画里我总是处在画纸右边的一个小角里,都快要跑出画纸外了。你能告诉我他们为什么这样对我吗?我到底做错了什么?”她不住地叹气,“而且,总是画我睡觉的样子,闭着双眼,打着哈欠。可是太阳呢?大家都画他咧着嘴开心地笑时候的样子,还给他画上一双大大的眼睛。”月亮皱起了眉头,又说道:“更何况,我的眼睛从来都没有完全闭起来!我还要看护睡梦中的孩子们呢!这件事怎么没有人想到呢?有时候我甚至会轻轻抚摸他们,那时他们会觉得额头有点痒痒。可是,他们从来没有想到会是我!”

黑夜专心地听着。

“我也是,人们总是把我和睡觉联系在一起。他们都说:‘太阳升起’而‘黑夜降临’,好像是掉落进一个黑洞里。才不是这样子的!我不是掉落在这世界里的。我可是非常有用的!没有我,人们就得不停地工作,没有一秒钟的休息时间。没有我,人们的生活就会像和时间赛跑一样,竞赛的结果是筋疲力尽,倒地不起。都是因为有了我(黑夜鼓起胸膛),人们才可以藉由夜晚恢复体力,隔天再继续活动和嬉戏!”

“而我，我是使花儿开花，让种子发芽的冠军王。我对小朋友也有益处呢！我会保护他们、抚慰他们，使他们在睡眠中长高长大。”月亮振奋地说着。

黑夜接着说：“对呀！没有什么东西会因夜晚而停滞。相反，它们都是静悄悄，慢悠悠地继续活动着的。血管里的血液还是继续循环，花儿还是继续呼吸，蝴蝶仍不断地拍打着翅膀……”

月亮摇了摇她那又大又圆的头，答道：

“那为什么小朋友总是抗拒睡觉呢？真是令人生气！有时，我还会听见他们说：‘不要，妈妈！我不要睡觉！我讨厌睡觉！’”她伤心地注视着远方的地平线，接着说：“一听到这样的话，我的心都快爆炸了，我伤心地都想钻进一个大黑洞里，再也不出来……可是我并没有这么做。如果有一天，小朋友们看不到我，他们会有什么反应呢？”

黑夜没有再回答她，月亮也没再说话了，天空被寂静笼罩着。可是两个人都梦想着有一天，小朋友会在图画纸上留给他们一个最好、最美丽的位置，并且他们会说：“太好了！睡觉的时间到了！妈妈，快点呀！我想听我的好朋友月亮在我耳边唱催眠曲……”

月亮和黑夜想象着小朋友们感受黑夜的温柔和月亮的温暖时的情景。这个幸福的景象，使他们不由自主地在蓝蓝的夜空下微笑了起来。

相关阅读

给父母亲的话：《夜晚与睡眠》(P4)。

给小朋友说故事：《小熊宝宝不想冬眠》(P2)。

3.月亮的由来

曾经有一段时间,月亮是不存在的,只有那高贵的太阳,那么灿烂,金光闪闪的,当然,也是热呼呼的。全世界的人都崇拜他,拜倒在他跟前!对他的爱慕已到了无法接受他也要休息的程度!每天晚上,在太阳下山的那一刻,到处都是尖叫、哀嚎以及呻吟的声音:“发发慈悲吧,年幼的太阳! 别去睡觉嘛! 留下来陪我们。”整个地球充满了悲伤的叹息和不安的喘气声。你知道为什么会这样吗? 因为那时还没有月亮,晚上没有太阳时,除了黑暗还是黑暗,整个地球一片漆黑。

云上的天神开始自我检讨——很明显地,晚上缺少了些什么东西。在极度明亮的白天和极度漆黑的夜晚之间,他应该创造点什么呢?他请来了太阳,太阳骄傲地梳理着他的光芒。

“晚上的时候,你能不能回来一下? 一小会儿就好了,只是为了安抚那些哭泣的人们。”天神问。

“啐!当然不行!我是白天的星体,到了黑暗中我就无能为力。更何况,如果这样的话,我的任务就太重了。当夜晚来临时,我只有一个想法,就是在山的后面好好睡一觉,什么事都不再做。”太阳这么回答。

“好啦,好啦! 别激动! 我再想想其他办法! ”天神叹着气说道。

于是,天神决定创造一个巨大如行星般的守夜者,用来照明及安抚人心。

“给我一些时间,我会给你们一个惊喜。很快夜晚就不再那么黑了! ”

天神拿起他的画笔,创造了月亮,一个属于夜晚的星体。这是一位个子娇小,看上去很亲切,却有点奇怪的女士,圆圆的、白白的,还有点滑稽。她将以那慈祥的眼睛来看护全世界。当然,她不像太阳那样光芒四射,不过她也不需要这样。

月亮生下了一个小娃娃,他有着像风一样的脚程,大家都叫他瞌睡虫,他和妈妈一起来看护人们的睡眠。从这天起,对于夜晚的来临,人们充满了愉悦及感

恩之心，再也不会哭泣了！相反地，他们歌唱、欢笑，所有的孩子都兴奋地叫着：“你们看！月亮在那儿！月亮在那儿！我们将在这位温柔守夜者的抚慰下，安稳地入睡。”

因此，从这天开始，夜晚完全不再黑了，他看上去更像是蓝色的——蓝色的夜。夜晚不再是黑的，睡眠也不再是昏昏沉沉的。

月亮决定好好整顿一下所有的夜晚。天哪！之前的夜晚真的是太忧郁、太令人伤心了！她创造了梦，彩色的梦，给耳朵留了一点愉悦的声音，也给世界留了些微微的月光。这月光不像太阳光那么强烈，而是一种温和的、使人安心的月光，告诉人们一切都还存在着。

突然间，夜晚变得如此舒适，以至有些人想要生活在夜晚。猫头鹰、面包师傅、夜间的火车、守夜人、夜蛾，还有在牡蛎中挖掘珍珠的海星，都宁愿选择在夜

晚工作,而不是白天。还有些重要人物也选择在晚上出现,比如小老鼠会在夜晚时放钱币及糖果在小朋友的耳边，圣诞老人也是选择晚上偷偷地从烟囱爬下来,还有所有那些认为夜晚比白天美的人。

月亮感到非常骄傲,因为是她使得夜晚不再像个黑洞;最不高兴的应该是太阳了,因为自从有了月亮以后,他觉得人们好像没有从前那样崇拜他、重视他了。他甚至还听到这样的话:“啊！怎么那么亮,阳光真是刺眼！”还有:“真希望晚上快来,可以早点睡觉!”这真是令他生气。可是,地球上所有的人都觉得这是给骄傲的太阳的一个教训,谁叫他从来都不愿意到夜晚来呢!

相关阅读

给父母亲的话:《怕黑》(P14)。

给小朋友说故事:《年幼的太阳不想睡》(P12)。

4.年幼的太阳不想睡

在很久很久以前，有几百万年、几十亿年、几万亿年那么久，地球上还是一片荒芜，什么都没有！甚至连人类都还未出现。

相反地，天空却早已住满了各式各样的星体：太阳，月亮，星星……他们都已经在那儿了！在这个时候，他们都还很年经、任性、疯狂，有时也非常傲慢，尤其是太阳！他常常带着那崭新、耀眼的光芒，趾高气扬地走着，非常自豪。因为在高高的天空，他是最灿烂、最炙热、最闪亮的！可是，他的高温及刺眼的光芒却干扰了所有人。

“别再发亮了！你使我们都睁不开眼呢！”云儿说。

“关掉它！真是令人头痛！我都合不了眼！”月亮咕哝着。

“唉呀！这些年轻人！他们以为只要他们喜欢，有什么不可以。”那些最年长的星星们这样抗议着。他们年轻时也曾是光彩夺目，可是现在已经不再闪亮了。

“所以，你是不会克制一点了？”筋疲力尽的地球叹口气说。

“一直都是白天，我们怎么睡呀？”年幼的星星这样问，他们和所有的孩子一样需要睡眠。

天空所有的星球都因此而疲惫不堪、暴躁不安且精神不济。太阳的光芒令他们忧心忡忡，脑海中冒出好多奇怪的想法：把太阳关进黑色的橱柜里，或是用强力吸尘器吸走一些光芒。

“不能再这样下去了！一定要想个办法。”雷公咆哮着说。

当然，和往常一样，他很快就有了主意：“有办法了！我有个好提议！”他在月亮的耳边窃窃私语了一番，月亮又把话传给了星星们，星星们又传给微风，就这样一直传下去……

年幼的太阳蹦蹦跳跳地来到了雷公面前，一点儿也不害怕。

“年轻人，我们有个建议，你觉得如何？以后你在这里待八个小时，然后一

跳,跳到世界的另一端,再在那儿照明八个小时。所以,当你在另一头时,那里的人们可以尽情地玩乐,而我们这边就可以睡觉,就好像关了灯一样;当你在我们这边时,他们就可以休息,这样一来,你就可以尽情地发光发热了,而且对大家都好!”

太阳听完觉得这样他将会有两个家,而且到处都有朋友,所以非常高兴地答应了。

从此,地球一边是夜晚,一边是白天,最幸福的是大家都有休息的时间了。就在这个时候人类出现了,他们也认为有了明亮的白天和昏暗的夜晚,生活在地球上更舒服了。不再有人抱怨太阳到处活蹦乱跳,也知道他不会永远消失,只是在地球的另一端,在他第二个家,过着另一种生活!因此,我们也不必永远害怕黑暗。因为我们知道,黑夜不会一直持续下去,因为在另一方,太阳还继续闪耀着、生活着,没有任何东西因为夜晚而完全静止。

给父母亲的话

◎怕黑◎

为什么?

小孩子的心灵是十分脆弱的,而对黑暗的恐惧更加说明了这一点,更加证明他们没有掌控事物的能力。

在黑暗里,亲切的面孔消失了,熟悉的事物瞬间变得陌生,他会觉得像是置身于一个敌对的世界,因而感到恐惧。

黑暗充满了“鬼魂”和秘密,在某些留有禁忌的家庭里,黑暗常常和一些不可告人的秘密连结在一起。

如何反应?

当然不能强迫小孩睡在一个完全漆黑的房间里,这样只会加深他的恐惧感。

我们应该循序渐进地带他进入黑暗。首先，要和他一起拉上窗帘，然后关上衣橱的门，接着打开小灯，说个故事给他听……最后，离开房间！如果我们不忍心抛下他而留下来继续说故事，一个、两个，接着是第三个，那问题将没完没了。

等他再大一点，到了懂事的年纪，再对他解释日夜交替的道理，就像在故事里，太阳总是在地球的某一端、某一处闪耀着。

从孩子六岁起，可以试着只拉上半边窗帘来取代小灯，让月光能投射进来。

如果他要求点亮夜灯呢？

对灯光的要求，一定要避免那种爬阶梯似的循序渐进的方式。所有父母都知道这是一种恶性循环，刚开始是房间里的一盏小灯，接着是走廊的灯光，然后，以想早点听完这本书为理由，要求听更多的故事。如果我们打算一步一步地让孩子习惯黑暗，就应该反向进行，让孩子逐渐适应这种转变。

四五岁开始，可以送给他小型手电筒当生日礼物，以取代房间里的夜灯。这是一种聪明的方式，将这种怕黑的情绪置于他自己的责任之下，由他自己来决定什么时候要点灯。可是一定不能允许既能打开夜灯又可使用手电筒的情况出现，这对帮助他摆脱对黑暗的恐惧毫无益处。

5.塔莉在夜间的奇特之旅

“走吧，塔莉，睡觉啰！”“哦！不！不要！”塔莉心里想着。

夜晚来临了，塔莉，一个梳着两个发髻，即将要七岁的小女孩，觉得自己的心正“噗通噗通”地跳。每天晚上这个时候，不安和疑虑都会深深地笼罩着她的心，好像有灾难要降临似的。

“我不喜欢黑，我不喜欢黑，我不喜欢黑。”塔莉低声抱怨着。每天晚上，她都会要求喝一杯纯白色的牛奶，睡在铺着纯白色床单的床上，四周摆满纯白色的毛绒娃娃，点亮所有黄色的夜灯。可是，当夜晚来临时，塔莉还是会张大眼睛，心里非常不安，她竭力克制自己不要睡，好像准备要和黑暗作战似的。

她想：“在我睡着后，在黑夜里，会不会发生什么事？如果有一天，一切都停止了呢？我的心会不会停止跳动？陆地会不会突然沉没到海里？所有的一切会不会都陷入到地底下？”当塔莉闭上双眼时，隐约感觉到摇晃、昏眩，这时她会立刻张开双眼，想着：“如果我，塔莉，一直醒着，地球是不是就不会停止转动？”

有一天晚上，塔莉听到一些轻微震动的声音，一种低声说话的声音，还有沙沙沙的声音，听上去像是白色婚纱的摩擦声。

“塔莉，”一个温柔的声音轻轻叫着她，“塔莉！我在这里。”可是塔莉什么也看不到，除了黑暗，还有她那些白色的毛绒玩具、白色的床单及那盏黄色的夜灯。

“我在这里呀！是我，夜晚！”

塔莉张大了眼睛。有一阵很轻很温柔的笑声在她耳边响起。

“我是黑暗！我是来带你去旅行的。想不想和我一起去看看夜晚的世界？”

塔莉又惊又怕，任凭黑夜将她裹在她温暖的臂膀，塔莉感到身体越来越沉重，眼帘也慢慢阖上了，瞬间她已经到了离地球很远的夜空！这是一种很奇怪的感觉，因为所有的东西都还留在床上，可是她却坐着黑夜的飞毯在空中飞翔。

从高空鸟瞰地球是多么美、多么宁静！闪闪发亮，看上去是那么令人愉快，就像圣诞树上的彩球。在黑色的天空里，塔莉遇见了瞌睡虫，它一面撒着手中一把把神奇的种子，嘴里一面念着：

“嘿，这里！又有一个去睡觉了！来吧！小马汀，上床去啰！嘿！小海伦！”

当经过瞌睡虫面前时，塔莉仔细观察了它。瞌睡虫见到塔莉，眼睛发亮，挥动着手掌，一脸狐疑。

“不用了，谢了！我们正在参观，塔莉今晚不用睡觉。”夜晚说。

“好吧。”瞌睡虫回答道。接着又继续它的工作：“嘿！这里撒一点！啊！那里也要！”

夜晚带着塔莉继续往黑暗更深处旅行。在天空的最顶端，有一个又大又黄的圆球正一面打哈欠一面织着披巾，在她旁边有一群年幼的星星，蹦蹦跳跳，又笑又闹。

“安静点！地球现在可是晚上，要学会尊重那些在睡觉的人！”月亮咕哝着。

“这个月亮像极了我奶奶，”塔莉想着，“原来夜晚也是充满了声音和颜色！”

她看见一架飞机，还看见了火车、流星和夜间直升机。有一个小火星人正一边享受着月光浴，一边摆动着他那橡胶似的大脚趾。在一个小行星上，有一位老学者一面梳着三公里长的胡子，一面叹气；有一只绵羊望着一朵玫瑰微笑着，还有一些小矮人正从学校放学回家。

“你看到了所有在睡觉时会发生的事情，现在知道夜晚时生活还是会继续前进的吧！只是另一种不同的生活罢了。”夜晚说。然后，他们开始慢慢地接近地球，地球现在就像个正在打呼的大圆球，缓缓地呼吸着，安稳地挂在天空中。突然间，成千上万的闹钟一起响起，把塔莉吓了一大跳。

“啊！这是面包师傅们的闹钟，他们要起来做巧克力面包、棍子面包及给小朋友们吃的糖果。”

再接近一点，有上百、上百个在睡梦中的小孩，和上百、上百个在睡梦中的父母，他们脸上都洋溢着微笑，看上去是那么安详、那么幸福。

“他们的心都还不停地跳动着，所以棉被会随之上下起伏，身体里的血液一直在流动，甚至眼睛还会在眼帘下转动。可是，他们都在睡梦中，可一切都没有因此而停止，一切都在继续呢！”

这时，夜晚注视着塔莉的眼睛，在她耳边悄悄说道：

“你知道吗？当我睡觉的时候只闭上一只眼睛？所以生活是不会因睡眠而停滞的，所有人都会继续呼吸。而且，如果你竖起耳朵仔细听，在床上，你还会听到夜晚打呼的声音，甚至能听到地球在喃喃自语……”

旅行结束后，塔莉重新回到床上，睡意浓厚。一想到那些在休息的人，还有那些为了能让世界继续前进，夜晚时仍在努力工作的人，就觉得非常温馨。

不久后，夜晚对塔莉来说变得舒适而愉快了，她不再需要那些会让夜晚显得不那么黑的夜灯和会发亮的床单。

“我要睡在黑暗之中，完全没有灯光。”她甚至这样要求。

她的妈妈双眼睁得大大地看着她，非常惊讶，心想到底发生了什么事？为什么塔莉突然之间长大了？

而塔莉在很长一段时间里，也不断地回想那一次奇特的旅行。她是梦见和夜晚一起旅行呢，还是这件事真的发生过了？到后来，她再也不问这个问题了，因为最重要的是，现在她已爱上了睡觉。

相关阅读

给父母亲的话：《怕黑》(P14)。

给小朋友说故事：《月亮的由来》(P9)。

6. 粉红火箭和黑火箭

每天晚上，茱莉都会做一些奇怪的梦。梦里有两架火箭：一架是粉红色的，另一架是黑色的。黑色的火箭会做鬼脸，向她眨眼，并说："你好呀，可爱的小朋友！快点上来！欢迎来到怪兽之家！"

在里面，有一位飘在空中的巫婆给了她一个怪兽托盘，上面放满了各式各样的恶作剧及整人的东西。当她到达怪兽星球时，天空发出诡异的冷笑。在这里，她遇见巨大的蛇，有着长长牙齿的狗，还有长着36个头及36盏蜡烛的龙。茱莉吓得到处乱跑，上气不接下气，最后，巫婆拿着一把巨大的叉子从她粉色的背上刺入，并喊着："洋葱煮粉背，多美味的佳肴呀！哈！哈！哈！"就在这时，茱莉从梦中惊醒了。

从巫婆的笑声中惊醒后，茱莉发现自己躺在床上，心跳加速，直冒冷汗。在长达十多分钟的时间里，由于双腿不断地颤抖，茱莉感觉地面都在不断地在晃动。从此，每天晚上茱莉都很害怕睡觉，因为她知道黑火箭和充满怪物的星球会再次出现在梦里。最奇怪的是，在另一旁有一架粉红色的火箭，一直亲切地微笑着，是什么原因使她没有上这架火箭？为什么她反而比较偏爱黑火箭呢？她常常一回想起这个梦就觉得："我真是太蠢了！我明天一定要搭上粉红色的火箭！"

可茱莉始终没有如愿，她还是坚决地上了黑火箭。她开始受到黑火箭的困扰，每天不断地想起它。起初，只在晚上时才会想起，后来连下午，甚至一整天她都会想起这架黑色的火箭。她的笔记本里画满了可怕的怪兽，偶尔也会听到从空中传来的巫婆的冷笑声。有一天，在一家商店的最里面，她甚至认为自己看到了巫婆的那顶帽子。茱莉现在每天都在恐惧和不安中度过。她已经无法分辨出是夜晚影响了白天，还是相反的情况。她想着，到底发生了什么事？会不会有一天她再也不会从睡梦中醒来，最后就永远被囚禁在怪兽星球上了呢？

这种恐惧与不安的情况持续了很长一段时间，茱莉睡得越来越晚，常常延迟到十点、十二点上床，甚至凌晨二点。终于有一天，茱莉下定决心，想着："滚开！快点！滚出去！再也不准出现！我不要再看到飘在空中的坏巫婆，也不要再看到有三十六个头的怪物！一切都结束了！"

茱莉想象她拿着一把巨大的激光剑，一种瑞士特制的斩妖除魔剑，这把剑将让巫婆胆颤心惊，而且能破除她会飞行的弱点。她要把巨蛇砍成36段，把所有的怪兽煮成汤，然后一起丢入粪便的排水道里。她画画、着色，甚至写了一则用超巨型激光剑将无名星球消灭殆尽的故事。

隔夜，跟往常一样，茱莉再次出现在黑色火箭之前。

"上来吧，可爱的小女孩！"火箭冷笑着，对自己充满了信心。

"不，我不要上去！赶快消失！滚！"夜梦中的茱莉这样说道。

她那把巨大的斩妖除魔剑在黑暗中闪闪发光，然后她走向粉红色的火箭，

那里有一位漂浮在空中的仙女,在洋溢着甜蜜舒适的平台上迎接她。茱莉参观了粉红色的星球,这里充满了欢笑和歌声,还有会载她到远方游玩的船,还有很多很多的亲吻和爱抚。

"现在,旅行结束了。"仙女说。

"我明天还可以再来吗?还有以后的每天晚上?"茱莉问。

"当然呀!你知道在哪里可以找到我。你看着吧!那些怪兽再也不会在白天来烦你了,你会感觉好多了。"小仙女微笑着眨了眨眼。

"我要给你一个妙方,比那把斩妖除魔剑更有威力。在白天的时候,你要尽情地欢笑、嬉戏,过得幸福,这是能搭上粉红火箭的最好方式。"

很久以来,这是茱莉醒来后第一次在内心里感到平静与轻松,并且充满了温馨与快乐。为了能再次进入睡梦中,她迫不及待地期盼着夜晚的来临,能和粉红色火箭约会是多么快乐的一件事呀!她告诉妈妈说:"噩梦已经结束了!完全结束了!因为我选择了粉红色火箭,就是这么简单!"

从这天开始,茱莉心中充满了温暖和快乐,也因此变得很幸福,再也不会在商店里碰见巫婆,笔记本里也不再有怪兽了。茱莉仍然不知道,是夜晚影响了白天,还是相反的情况,总之,黑火箭现在是怒气冲天,今天他会再寻找其他小朋友去怪兽星球,他得不断奔波下去……

给父母亲的话

◎ 噩梦 ◎

为什么会有噩梦?

做噩梦是小朋友成长的必经过程,尤其是二到六岁的小孩。这一时期,他们必须学习一大堆的事情:整洁、自主性、社会化……。

噩梦能帮他们排解掉白天所承受的压力及所有遭受到的害怕情绪。

噩梦能使他们表达对父母亲的矛盾情绪。

夜惊和梦魇

这是不一样的两件事情！

夜惊：发生在夜晚的前段，慢波睡眠时期。夜惊是非常富有戏剧性的，表现为喊叫、冒冷汗、闪躲、恐惧和惊恐的眼神。这时，小孩不会认出他的父母，而且很快又会入睡，这是比较常见的状况。在三到六岁的孩童中，60%都有夜惊的经验。

梦魇：通常发生在夜晚的中间或后段，即快速眼动睡眠时期。梦魇里通常会出现怪物及野兽，这些代表着孩童的冲动和内心的"黑盒子"，变形怪物、巨人或巫婆的形象，可能只是源于现实生活中某位邻居的脸、偷窃小孩的罪犯或绑匪的脸。小孩会在梦中哭着醒来，并认出他的父母亲。

如何反应？

不要说："傻孩子，这没什么！只是做了一个小小的噩梦，没关系的！"要让他知道你了解他的感受。

留下来陪他一下子。不过千万不能屈服在他的哀求下而陪他过夜，这样只会让他更没有安全感。

在这几天，如果需要的话，可以改变睡前的步骤，和他一起把房间巡视一遍，检查床底下和窗帘后面，以确定怪物没有藏在里面！

重要的句子

◆"噩梦其实是假的，就像是在头脑里拍的一部短片，我们会觉得好像是真的。"

◆"会做噩梦是因为我们害怕某些东西，而我们把害怕藏在心的最深处，但在夜晚时它就会跑出来。不过，这只是一个梦。"

针对三岁以下的小孩(还无法分辨梦与现实):

◆“世界上没有怪物,你房间里没有、床底下没有、窗帘后面也没有,你希望我们一起去看看吗?”

◆“有善良的仙女保护你,就像茉莉和她那把巨大的激光剑,在你身上也有一股强大的力量,能帮你消灭所有怪物。”

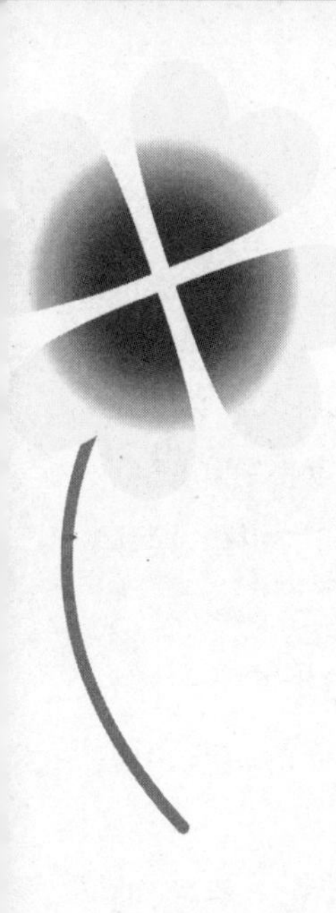

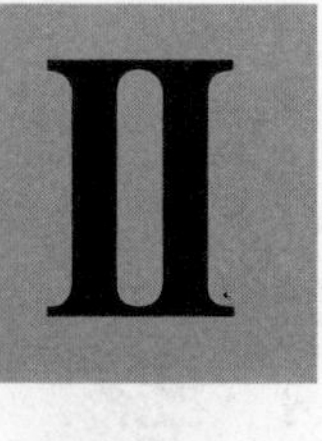

Ⅱ 家庭与权威

1. 把妈妈变小的按钮

那天,在与妈妈蛮横无理地吵架时,小狄的脸上挨了一记耳光。被打耳光是很严重的事情。感觉脸颊红红的、辣辣的,更严重伤害了自尊心。有好一阵子,耳边一直嗡嗡地响着,就像讨厌的蚊子萦绕在耳边一样。挨耳光会让人觉得像虫子一样低下。小狄握紧拳头,对妈妈说:

“你等着看吧……等到有一天你变小了,而我长大了,我会像拍苍蝇一样,把你拍碎。喔!不!我不是开玩笑的!在把你拍碎之前,我会拔掉你的四肢和翅膀,挖掉你的眼睛。”

这当然是一句非常恶毒的话,但可以肯定的是,小狄痛恨挨耳光。不过,他并没有做错什么。只是,有时候手就这样不听使唤地挥出去了,而且,大部分时候,父母亲都会因此而后悔。

有时,小狄会梦见自己已经长大,对自己说:“等到她老了,满脸皱纹,一点力气都没有时,我就会还给她所有打在我脸上的耳光!”

不过,他不用等到那个时候!当天晚上,在睡梦中,邪恶的精灵就来到了他的房间。这个邪恶精灵专门在小朋友生气或伤心的时候,出现在小朋友的内心里。这个讨厌的精灵非常丑陋,它有一双黄色的眼睛,一对弯曲的角和一堆邪恶的想法。他坐在小狄的床沿,一双毛茸茸的手交叉在胸前。

“现今多亏有了发达的电子技术和网络等,让我的很多欲望得以实现。”邪恶精灵说。

接着,他在小狄的耳边窃窃私语:“为了要比她更强大,你不用等到她变老,满脸皱纹了!”

邪恶精灵露出了邪恶的眼神,低声说道:

“我有一个把人缩小的盒子。”

“它可以把妈妈们都变小吗?”小狄抽了一口气问道。

为了响应他的需求,邪恶精灵给了他一个像口袋一样大小的迷你机器。

“就是这个按钮可以把妈妈们变小，对所有那些滥用体罚的妈妈们都很管用。”

“什么是体罚？”小狄问。

“打耳光，打屁股这一类的事。”狡猾的精灵回答道，一双眼睛不怀好意地闪烁着。

“听好了！当你按下这个按钮，你妈妈就会缩小十倍，就像一件在120摄氏度高温下洗过的汗衫！”

“哇喔！我不相信。不可能！”小狄的眼神既害怕又渴望。

邪恶精灵那双黄色的眼睛不断地闪着光。

“你只要试试看就知道了，不过我可要事先声明：一旦你妈妈变小了，你必须要保护她，以免她消失不见了……”

接着，邪恶精灵就消失在喊叫声中：“祝你好运，我的‘大’狄！”然后，就在一团雾中消失了。

当然，小狄以为是在做梦。可是第二天醒来，他发现那台有着显眼按钮的缩小器就在枕头底下，心里洋溢着一股奇异的感觉。一整天，他都不断地想到那个按钮。当天晚上，已经到做功课的时间了，小狄还是坐在电视前，所以又被妈妈拧耳朵。

“马上把电视关了，去念普雷维尔的诗！我说‘马上’！”妈妈粗声地责骂着。

小狄完全沉醉在电视里，你应该可以了解这种感觉：一些想法混杂在一起，那些平常高贵纤细的神经元，轻轻跳跃的脑细胞一瞬间变得澎湃汹涌，脑子里塞满了电视的影像。然后呢……你可以猜得到结果：他回到房间，翻开枕头，拿起缩小器，按下了按钮。吱……一道绿光使他什么都看不见了，然后他妈妈出现在客厅里，身高和小老鼠一般高。

“到底发生了什么事？”一个小小的声音说。她现在什么都变小了，甚至是她的声音。她的眼睛比别针的头还小，那一双迷你的手，像棉花梗的尾端一样摇晃着。

“这是把妈妈变小的机器。你知道，都是因为你那一巴掌。现在，让我安静地把连续剧看完，麻烦你到厨房去。”小狄躺在沙发上说。妈妈走近他，两眼充满怒气。她往空中跳了跳，想要攀上遥控器，可是还是没办法，因为她真的是太小了。

“噗!!”小狄吐口气,继续看他的连续剧。这时,妈妈用她那细小的声音,自言自语地说:“这是一场噩梦,什么事都没发生过,我会醒过来的。”然后她钻进浴室,放洗澡水。她爬上了水龙头,但不小心滑倒了,接着就消失在水龙头流出的水流里了。

“救命呀! 有暴风雨! 起海浪了! ”妈妈大声地叫。

这时小狄想起了邪恶精灵的建议。

他在最后一刻救起了迷你妈妈,并用毛巾将她擦干,这可是他第一次做这种事。

“我受够了!受够了一直这么小!我真希望你爸爸赶快度假回来。我觉得自己好像被遗弃了一样,那么孤单、渺小及无力。”迷你妈妈啜泣着说。

“你干吗跟我说这些?这不是我应该听到的,别忘了我还是个小孩子。”小狄非常惊讶地问道。这也是他第一次看见妈妈哭。

迷你妈妈转了转那双愤怒的眼睛。“呃,很好,今天,换成是‘我’比较小,所以是‘我’应该受到保护。如果你不想保护我,就不应该把我变成这么小。”

然后他妈妈开始对他诉说有时她觉得如何的孤单、被冷落，感到如何的低下，但小狄一点儿都不想听。他想是否应该把她关在药柜里，放在浓度九十度的酒精罐子和绷带盒子旁边，可是也担心她会在黑暗中窒息。

是的，现在他有责任保护他的迷你妈妈。

他感觉有什么东西压在他的肩膀上。

谁才是父母？谁是小孩？实际上，他比较喜欢妈妈“长大”的时候，不会老爱抱怨。现在该怎么办呢？怎样才可以解除魔咒？有没有一种可以把妈妈变大的机器呢？他把机器翻来覆去，可除了那个具有缩小功能的大按钮外，其他什么都没有，好像在讽刺他似的。

晚上，妈妈只吃了一粒米，喝了一滴水，睡在运动袜里。小狄则烦恼地吃着爆米花，看着他的房间，心里希望晚上的事都没发生过。睡觉前，小狄祈祷妈妈能够变回原来的样子。

第二天，妈妈恢复了正常的样子！身高170厘米，体重55千克。她是多么美丽呀！小狄怀疑：“难道这一切只是一场噩梦？还是缩小器的故事真的发生过？”

当小狄听见妈妈说：“快点穿衣服，小狄。我再也不会对你发脾气，也不会打你耳光了。这一切再也不会发生了。”原来缩小器的故事的确发生过。小狄突然跳起来，跑到妈妈怀里。

“妈妈！我永远，永远，永远都不要比你大。”

小狄心里想着：“真的是这样，有时候觉得妈妈就像巨人一样，有着一副大嗓门，一双大眼睛，皱着像森林一样粗黑的眉头。可是这些都只是因为她比我高大的原因。但是，这真是太好了。”

给父母亲的话

◎ 权威：当今的问题 ◎

从罪恶感到父母化……

在经过疯狂的20世纪70年代之后（那个时代“权威”是个见不得人的字眼），如今的父母都有树立权威的问题。具体的规则是：父亲是最高行政长官，母

亲是执行长官,而小孩们则是受刑者。但现在越来越多的家庭开始实行民主式的教育制度。

从今以后,是哪一边赢得权力呢?有时,小孩们比父母更有权力。父母们失去了方向,不知道说“不”,也不知道设定规范。尤其是在父母亲都是上班族的家庭里,问题更是严重。

在一整天辛苦工作后,晚上回到家里,实在是很难要求小孩子遵守一些生活规范。因为一整天都没和小孩子在一起,我们总是希望晚上能在给他糖果及亲吻中度过。

要和孩子经常处于对立的状态是很困难的,而什么事都说“好”却是如此地简单。

一些专家认为现今“父母化”的小孩有增加的趋势。我们做父母的常会把小孩当做倾诉的对象,我们是多么希望和他们分享成人的秘密和烦恼。可是小孩却会因为这种角色倒错的情况而失去平衡。他们需要在角色颠倒的冲突中取得平衡。

为什么要设定规范?

从好几个世纪以来,一些伟大的文明都建立在许多禁忌(乱伦、谋杀……)的基础之上。教育小孩也是一样的道理。小孩子正是在一些明令禁止做某些事的规范中逐渐成长起来的,这些规范能让他们约束自己的行为,进而完成人格塑造。尽管这些限制常常让人感到厌烦。

孩子最疯狂的梦,当然是希望能做任何他们想做的事。事实上,这种情况反而会成为一场噩梦。没有任何的规范,小孩只是情绪冲动及烦恼束缚下的傀儡。给他完全的自由,反而会让他痛苦不堪。

不管他怎么抱怨、哭闹,小孩子都是需要被管教的。他会在其中得到安全感,找到依归,甚至在所架构的框框里成长。

他们需要被当成小孩一样,受大人的保护。所以不是我们允许他们做任何事,他们才会觉得比较好。相反,在一个没有标准的世界里,他们反而更脆弱,更不安定。

如果他们违反了规定呢？我们就应该明确地纠正、责骂或严厉地处罚他们。重要的是：我们要严格执行所决定的处罚（不准看电视和玩游戏、不准出去玩……），如果不这样的话，我们就会在他们面前失去信用。

而且，在管教时要非常公平及公正。早上不准看电视，就是每天早上都不准看电视。就好比心理学家哈利·伊飞尔贡(Harry Ifergan)所强调的："假使有一天，遇到红灯要停下来，而隔天，却是在绿灯前停下来，我们可以想象这将会多么令人焦虑！"

重要句子

◆"就是这样决定，没有其他可能性。"（尽可能地不断重复）"不用再坚持了，我是不会改变决定的。"

◆"我这么做是因为我爱你。"

◆"如果我一整天都不理你，而是随你看电视、玩游戏，你将会觉得很悲哀，因为你会感觉我不在乎你。而你的感觉将会是正确的。"

◆"当你乖乖听话时，我就不会提高嗓门了。"

2.芯片妈妈的星球

现在我们是在2175年。地球上的很多东西都改变了。我们勘查了土星和金星，开始在月亮上滑雪，而且还发现了许多无人居住的小星球。

然而，尽管如此进步，地球上有些事情却没多大改变。小朋友们还是非常地任性，父母们依然歇斯底里。小朋友们还是会被打屁股、罚写字及遭受各式各样的威胁。因此，在世界的某个地方，有位科学家正在研究如何彻底消除打屁股及做功课的方法……

这位科学家的名字叫做葛哈玛提宇斯·卡尔塔朴斯。他是2024号小行星里唯一的居民，所以常常觉得非常无聊。

“怎样才能吸引小朋友到我家来呢？”卡尔塔朴斯自问。他非常渴望在星球里能到处听到尖叫声、欢笑声及各种有趣的笑话。

为了了解小朋友们的喜好，他在实验室里安装了一台监控屏幕。借助这个机器，他可以分析地球上小朋友的梦想。而这些梦想不外是：电视，糖果，巧克力酱，电视游戏；没有处罚，没有作业，没有绿色蔬菜，没有水煮鱼，只有爱抚和拥抱。

于是，他决定废除辛辣的耳光及打屁股这些让人感到羞耻的体罚，使人变得迟钝的罚写字，花椰菜、菠菜及洋葱，还有威胁的口气：“你小心了！我数到三！”“爸爸回来后你就知道。”还有其他的，如：“再考零分，你就要去坐牢！”……

其实，告诉你事情的真相，葛哈玛提宇斯·卡尔塔朴斯计算过，他小时候被打过2356次屁股，罚写过55000行的字，被关过35次禁闭，期间只有干面包和水。由此可见，现在他为什么会做这些决定了。

在很多年疯狂的工作后，葛哈玛提宇斯·卡尔塔朴斯面带微笑地从实验室出来。成功了！他制造出了新时代的妈妈和爸爸，百分之百的电子产品。这就是吸引地球小孩来到他的星球的法宝！

其中有一种芯片妈妈，她们除了眼神有一点呆滞，动作有一点僵硬之外，几乎和其他的妈妈一模一样。而且,她们不但不会打屁股,打耳光,罚写,不会发脾气,说一些吓唬或威胁的话,她们也不会限制小朋友吃点心,看电视,玩电视游戏,也从不禁止他们吃糖果、巧克力,即使是吃饭前也是一样。还有,她们不会检查作业,也从不计算食物里钙质和蛋白质的含量。最棒的是,她们一直保持微笑,给予电子式的亲吻,以合成的声音重复着:“很好,我的宝贝!我以你为傲!”

科学家葛哈玛提宇斯高兴地摩拳擦掌。

“只有芯片妈妈和电子式亲吻的日子多好呀!世界将会更美满!”

当芯片妈妈在星球试用成功后,葛哈玛提宇斯就在地球所有学校里打广告。透过手提电视传讯,他可以在操场里向小朋友发表谈话:

“移民到2024号星球来吧。我会给你们永远笑容满面,永远都有空,且不会骂人的芯片妈妈!”

然后,他给了他们一个可以马上和他取得联系的密码。

也因此,2024号星球里渐渐住满了任性、讨人厌的小孩,尤其是常被打屁股的小孩。

有一天,约翰·伯儒图,一个非常叛逆的七岁多的小男孩,终于受够了地球上的生活。他受够了妈妈,受够了关于月亮地理的作业,受够了那吃了一点都不会增强体力又难吃的菠菜,受够了刷牙要刷三分钟的事。他按下神秘的密码,一下子就出现在卡尔塔朴斯的房里。

“到我的芯片星球来吧!这里没有花椰菜,绿色的花椰菜,不用在八点以前上床睡觉,也不用做作业。你看着吧,你一定不会失望的。”他说。约翰·伯儒图很快就离开了地球。在三十秒钟的旅行之后,一位芯片妈妈面带微笑地迎接他,帮他拿外套及帽子。“给我你的外套。我以你为荣,亲爱的。你看起来好极了,气色很好。我是多么幸福。”

她为他准备了点心:全部都是巧克力夹心点心,及一杯热可可加七颗方糖。约翰·伯儒图非常满意。尤其在他正品味这些甜点时,芯片妈妈同时打开三台电视、两台游戏机和一台手提电脑。最后,当他要求喝饮料时,她递给他一杯有咖啡因的可口可乐。约翰·伯儒图穿着肮脏的运动鞋,随随便便地躺在沙发上,连句谢谢都没说,还因为喝了可乐,打了一声好响的嗝。

“谢谢你,孩子。我以你为荣。”芯片妈妈边说边往厨房走去,开始准备晚餐,其中有草莓夹心的巧克力焗烤。

每天，约翰·伯儒图在2024号星球的生活都充满了令人愉快的惊喜。当然，还是要上学，可是学校里提供许多糖果、雪糕、牛奶糖、巧克力冰淇淋，而且从来没有处罚。你可以相信我要说的，约翰·伯儒图不会急着想回家的。

每天下课回家，芯片妈妈都会亲吻他，并且永远亲在同一个位置（一个在额头，两个各在两边的脸颊上），然后打开三台电视、两台游戏机和一台手提电脑，立刻钻到厨房准备巧克力焗烤。当他听写得到一个非常糟糕的成绩时，她嘴上会挂着微笑说："一切都很好，亲爱的，我以你为荣！快去看电视。"

在2024号星球里的小孩都只会抱鸭蛋，甚至还更惨。老师们现在以负二、负三、负十分来计算成绩。可是因为这些老师都是芯片老师，他们还是会继续夸奖他们的学生："太厉害了！雷欧波尔德，三分，这真是太完美了。我想去见见你的妈妈，跟她建议，让你跳级念书。"

因此，约翰·伯儒图再也不做任何努力。一天，他被一位芯片警察押送回家（他在店里偷了33张唱片，40千克糖果）。约翰·伯儒图心想她妈妈一定会把他送走。可是她却跳起来说："恭喜你！太勇敢了，亲爱的。我是多么以你为荣呀！"又有一天，他回家时，外套都扯破了，也没穿鞋，一双眼睛像熊猫眼一样黑，因为他被一个比他高大的人欺负了。她看着他，因为感到骄傲，一双眼睛睁得大大的："太好了！我是多么引以为荣啊！你真是太优秀了。"然后就到厨房里去准备奶油泡芙。

那些发现无论做了什么，都不会影响任何事的小孩，再也不去上学了，什么事也都不做了。当房间乱七八糟时，这当然是常有的情况，约翰·伯儒图会遵从卡尔塔朴斯的指示，往芯片妈妈的屁股踢一脚，因为这是启动打扫程序的方法。

"谢谢你，我的甜心。当我在打扫你的房间时，拜托你，去看电视。不要因为我而觉得不好意思。"芯片妈妈会这么说。

一天晚上，约翰·伯儒图打完136局的电子弹珠，半夜才回家。

"你回来晚了，我的甜心。可是我还是以你为荣。你是想看三台的电视，还是想马上上床睡觉呢？"她说。约翰·伯儒图蹙起眉毛：那么，她根本一点也不担心他？要是她是真正的妈妈，一定会和他大吵一架，然后他会保证以后再也不这样了。这晚，他带着内心深处所隐藏的疙瘩入睡。

很快的，这个疙瘩慢慢滋长了起来。约翰·伯儒图对薯条、糖果、巧克力及小泡芙消化不良。有一天，他觉得非常不舒服，于是又按下了密码，很快卡尔塔朴斯就又出现在他面前。

“我已经腻了。我觉得很恶心，我再也吞不下任何巧克力。”

科学家葛哈玛提宇斯困惑地抓抓头：他完全没想到消化不良的问题，为了更改菜单，必须赶紧帮芯片妈妈动手术。

当天晚上，约翰·伯儒图看见芯片妈妈走进厨房，拿出所有的材料：饼干，玉米，小麦，腌肠，意大利奶酪，胡椒粉，盐巴，蛋杯，洗碗精，抹布……说道：

“呃，我们要做一道真正的焗烤。你等着吧，亲爱的，你将尽情享受美味的佳肴。”

她揭下墙壁的壁纸，掀起地板的木板，然后把这些东西都切成丁。最后她冲向约翰·伯儒图，想把他也当成焗烤的佐料。约翰·伯儒图赶紧逃到了他朋友马力宇斯家。他朋友的芯片妈妈热情地招待他：

“你离家出走？我真是以你为荣。来坐在三台电视前，我给你吃巧克力。”

葛哈玛提宇斯·卡尔塔朴斯在实验室里，怎么都想不透：为什么事情的进展不像预期的那样？为什么小孩们还是不幸福？为什么他们的健康状况如此的不理想?原来他特制的食谱并不适合地球的小孩。由于只吃甜食，他们的脸越来越圆，面色苍白且没有肌肉；他们的牙齿全都变得特别黑，他们就好像掉进了使人变得虚弱的池子里。他又查询监控屏幕，发现小孩们的梦想改变了。现在他们希望吃四季豆、肉类、水煮鱼，吸取钙质和蛋白质。他们希望早点上床睡觉，每天早晚刷牙“至少三分钟”。

卡尔塔朴斯启动特别警报，召集所有妈妈，打算为她们进行紧急手术。当她们醒来之后，跪在他跟前，异口同声地说：“我们以你为荣，卡尔塔朴斯，我们是多么地以你为荣。现在我们会准备更多样化的焗烤。”

然后妈妈们开始把手能碰触到的任何东西剥下并切片。可以想见星球的状况是化为淤泥，破碎不堪。一天，其中一位妈妈带着她的电动削皮器进到实验室里。几个小时的工作之后，她倒在控制整个星球的芯片卡上。“嘭”的一声过后，天空里出现了一些全世界都可以听到的美妙的合成声音，说着这几个月来小朋友最爱听的句子：“这真是太好了！”“谢谢你，亲爱的！”“我是多么高兴呀！”“在睡觉之前你还想吃巧克力吗?”最后，整个星球完全爆炸：一场真正的芯片烟火！

小朋友们重新回到了地球，扑到真正的妈妈怀里，享受着与众不同的爱抚。她们的亲吻不一定会是一下在额头，两颊各有一下，有时会落在头发及鼻子上。还会听到这样的话：

“妈妈，当我成绩不好时，要责骂我！”

“帮我准备四季豆，还有生菜沙拉！”

“我牙齿痛！拿给我，我的牙刷！”

“我要早早去睡觉！”

因此，所有2024号星球的小孩现在都要求要规律、处罚、真诚的夸奖及一点点糖果，但不要太多。再也不想一整天都只吃巧克力和涂奶油的面包片了，再也不能一整天什么都不做，只玩桌上足球、电子弹珠或电视游戏。因为在吃过四季豆及奶酪后吃巧克力，味道更好。也因此，芯片妈妈永远消失了，而这时，真正的妈妈重新拾回她们的工作。

真正的妈妈？你很清楚的，就是那些又温柔又严厉，伴随着她们那或责备或微笑的眼神，及几句话：“你等着看你会看到的”，“如果你继续这样下去，你会去坐牢的”，还有“你可以吃糖果，不过你要先吃完你的丝瓜焗烤，不可以先吃糖”……因此，晚上时会发生的任性及歇斯底里，不听话的小孩和严厉的妈妈将继续存在好几个世纪那么久。不过总的来看，这种状况还不算太糟……

那你会问，卡尔塔朴斯之后怎样了？他也来到了地球，转行设计电玩。在那儿，梦想永远是梦想，而他也决定再也不去触碰模拟人类机器人了……

相关阅读

给父母亲的话：《权威：当今的问题》(P29)。

给小朋友说故事：《把妈妈变小的按钮》(P26)。

《妈妈的头脑撞坏了》(P38)。

《蛮横的小王子》(P42)。

3.妈妈的头脑撞坏了

这天早上，雷欧起来时，阳光已经从窗帘投射进来。他看了一眼闹钟，九点半！今天要上课！

“妈妈！妈妈！”没有回应，他冲进橘色门的房间。

“妈妈！已经很晚了，我要迟到了！”他气呼呼地叫着说。

可是妈妈还在床上，头埋在枕头底下，呻吟着。雷欧不敢相信自己的眼睛。通常都是妈妈把他从床上拉起来的。

“我肚子饿了！我们什么时候吃饭？”他抱怨地说。

“不关我的事，自己去看冰箱。”妈妈不耐烦地说。雷欧生气地离开，走进厨房。他吞下剩下的一点麦片和一杯水当早餐，心情非常不好。妈妈终于在十一点的时候起床了，她大声打了一声哈欠，打开电视，看着“购物频道”里“人人买”的节目。在这个节目里，我们可以订购烤奶酪的机器、吹风机、珠宝、健身器材等，不论是什么东西，只要打一通电话到电视节目就可以了。妈妈说过，这是一个极度低能的节目，一定是头脑撞坏才会看这些可笑的东西。可是这天，她光着两脚躺在沙发上，兴致勃勃地看着，两只眼睛瞪得像小碟子那么圆。中午时，她在桌上放了一瓶西红柿酱和两个盘子。

“妈妈！中午我们吃什么？”雷欧充满希望地问。因为西红柿酱通常是用来沾薯条吃的。

“面包涂西红柿酱。”妈妈回答。

“还有呢？”

“就这样，再加上可乐。”妈妈说。

“那点心呢？”

“解冻的煎饼。”

“这样吃不健康。”雷欧低声抱怨着，觉得很奇怪，另一方面也因为没有饭前开胃菜、主餐和点心而觉得不开心。

“那我不用上课吗？”

“不了，今天不用上课。你一直希望不要上课，不是吗？”

雷欧心想妈妈是不是头脑撞坏了。他真想大声地说：“带我去上学！叫我去穿衣服，刷牙！叫我把盘子里的食物吃干净！”

不过他有个更妙的主意。

“我可以看电视吗？”

“可以，当然可以。尽量看吧。”妈妈把电视遥控器递给他，“我要去再睡一会儿。”

雷欧拿起遥控器，全部看一些妈妈最反对他看的，最暴力、最愚蠢、最血腥及最吵闹的卡通节目：“怪博士和他36只恶臭的怪兽”、“嗜血日本机器人”、“致命的电玩第二集”。下午两点过后，他头痛得不得了，觉得一定有哪里不对劲。

“当妈妈头脑有问题时，应该怎么办呢？是不是要叫医生呢？”

昨天当他拒绝关掉电视时，她还对雷欧发脾气。可是今天……完全相反！

晚上七点了，没有人叫雷欧去洗澡。他也没像往常这个时候一样听到放洗澡水的声音。

“妈妈，你帮我洗澡？”雷欧充满希望地问。

“啊，不行。我要看我最喜欢的连续剧。”妈妈打开电视说。

“那晚餐呢？”雷欧问，心里涌上一股怒气。

“在橱柜里看看，一定还有些巧克力饼干。你可以吃这个，喝可乐。”

这时雷欧十分怀念焗烤的味道，还有蒸四季豆的味道。

“我真是受够了，受够了！”他尖叫。

然后雷欧把自己关在房里想事情，到底发生了什么事？他感到无所适从。家里没有秩序，每个人都做他自己喜欢的事，他可以吃喜欢的煎饼和巧克力饼干，而且，昨晚，还对着红萝卜丝和丝瓜焗烤发愁。可是为什么他现在觉得那么难受？为什么他很希望妈妈给他规则遵循，要求他上学、洗澡、吃蔬菜？没有洗澡，他觉得自己脏脏的。今天真是遭透了，遭透了！

晚上九点，雷欧刷过牙，穿上睡衣。妈妈拿了一本书走进雷欧的房间，用愉快的声调问：

“怎样呀？我的宝贝？今天过得如何？”

“非常不愉快，简直遭透了。噩梦一场。你不再是我妈妈，我不想再看到你了。你是一个巫婆。”雷欧赌气地说。

妈妈把雷欧抱在怀里，就像他小的时候一样。小男孩陶醉在妈妈身上的香水味里。她好像又变回原来的妈妈了。难道她又再一次撞坏了头脑，而这一次使得一切都恢复正常了？

“我很高兴你终于从中体会到一些东西了。没有人能过着没有纪律，没有准则的生活，小朋友尤其不可能！有时，小孩会希望自己一个人，没有父母在一旁告诉他‘去刷牙，别看电视了，上课的时间到了，多吃蔬菜，别吃太多糖果，你会觉得恶心’……而有时候，父母也希望有一天能过着不用再啰唆这些事的生活……但这是不可能的。要过得幸福，就一定要遵守一些生活中的纪律。你知道，如果有一天没有学可上，你一定会觉得太无聊了！”妈妈在雷欧耳边轻轻地说。

隔天，当妈妈七点半叫雷欧起床时，用她那温暖的声音说：“起床了，我的宝贝，时间到了！”他立刻就爬了起来，然后冲到厨房，那里飘着淡淡的菜香：有蛋、火腿、柳橙汁、一大杯牛奶……“嗯！好香喔！”他想着。这天早上，他不需要别人

叫他刷牙，也不用别人帮他拿书包。而且，当他下课回家后，他觉得四季豆和羊腿肉非常美味可口。他甚至不需要西红柿酱了……

相关阅读

给小朋友说故事：《芯片妈妈的星球》(P32)。

《蛮横的小王子》(P42)。

4.蛮横的小王子

在一个遥远的地方,有一个王国的国王和皇后因为没有小孩而伤心欲绝。

“我们一定要有个小孩,一定要有!不然谁来继承这个由我爸爸传给我的伟大王国,这个由我爸爸的爸爸传给他,甚至可以一直往上追溯到世界上第一个爸爸出现时所传下来的王国呢?当我老了,骨头都快散掉时,当我头发都白了,因为风湿病而动弹不得时,我要把皇冠交给谁呢?”国王伤心地发着牢骚。

“啊!我的朋友!你替我描绘出多么可怕的年老时的景象呀!”皇后吃惊地说,她也不想年老无子,“没错,你说得很有道理:我们一定要有个孩子。”

皇后询问了所有最具权威的医生。最后,感谢其中一位医生高超的技术,她终于怀上了一个小宝宝,然后,小宝宝很平安地降生在了华丽的床单上。

“注意了!这个小王子是你们的宝贝,可是千万别太溺爱他,别太早让他成为小国王。”医生这样警告他们。

然而,医生才刚转身要离开,皇后已经抱起小王子,开始咕叽咕叽地逗他了。

“你是我的小国王,我唯一的国王,你的愿望都将成为命令!”

而这句话只有聋子听不到……

大家都小心翼翼地照顾着这位非常宝贵的小王子,每天早上都会有一位专业的女仆为他带来奶瓶,里面装的都是世界上最稀少的驴奶及蜂蜜。他睡在铺满玫瑰花瓣的弹簧床上,这些玫瑰都是当天早上五点在阿比西尼亚刚摘下的。他盖的床单都是用金线缝制而成的。为了服侍他,有十几个女仆在皇宫里穿梭,睡在他的脚边。他被如此周严地保护着,甚至最轻的微风、最轻的吹气、最小的云朵都怕伤害到他……为了让他感到温暖,人们造了一个人工太阳,既不会晒伤皮肤,又可以增加维生素D。他就在这样安全、安静且专制的环境中长大了,因为他的愿望就是命令,只有聋子才听不到……

在他七岁那天，正是这位宝贝小孩走出他的玻璃室的时候。

“小可爱，你现在长大了哦！”

“我才不是什么小可爱，如果你想亲吻我，我只准许你亲我的脚，就是这样而已。”小王子不屑地回答，他也如此傲慢地对国王说：

“嘿，白发老国王，把你的皇冠给我！”

老国王把皇冠摘下给他，一句话也没说，因为他从没对王子说过“不”，从他出生的第一天没说过，他三个月大时也没说过，因此，又怎么能在他七岁的时候禁止他做什么事呢？就这样小王子变成了国王。一个七岁多一点的专制国王。他下令砍掉所有的树，因为有一次他曾被熟落的梅子砸到。他下令捕杀所有的燕雀，因为它们早上太早就开始鸣叫。他把皇后母亲关在第749层的塔里，因为她竟敢叫他做国王要做的功课。这是当小孩子在过分被溺爱的环境下成长时，常会发生的情况。

最糟糕的是，尽管他能为所欲为，但他仍然摆着一张不幸福的脸，吵着说：

“我是多么孤单！多么不幸！没有人爱我!！”

看着这一连串荒唐的行为，这位已经没有皇冠，年老微秃的老国王气得不得了，心中升起一股汹涌的怒潮。

“你这个坏蛋，你给我过来！是谁给了我这样一个没有教养的小鬼！”他粗声地责骂着。对于一个如此有教养的国王而言，这可算是一连串的脏话。他还说：

“给我过来，我要揍你，给你一个耳光，打你屁股！你从来没被好好教训过！”关在第749层高塔中的皇后听到这些斥责后，昏倒在塔里。她心里想：“我们一定会被判死刑，从高塔上被丢下来的。”

但是，事情并没有像她想象的那样发展。小王子反而乖乖地把皇冠还给他爸爸，低声地说：

“对不起，爸爸。”

于是老国王重拾他的皇冠、王位及权力。

他把皇后从塔里救出来，并对她说：

“如果我们太早把王位让给小王子，我们将会使他变成一位令人无法忍受的暴君。我的爱人呀，医生早就已经告诉过我们了！”

生活又恢复得像从前一样了。不过，从此以后多了一些秩序和礼仪。而最幸福的人是谁呢？是小王子！他跟着爸爸学会了玩弹珠，还学会了讲一些很有趣的笑话。

“啊！当小孩多好呀！不用去想那些太严肃的事，每天只要好好玩就行了。”小王子自己对自己说。

相关阅读

给父母亲的话：《权威：当今的问题》(P29)。

给小朋友说故事：《芯片妈妈的星球》(P32)。

5. 嘘！国王正在忙呢！

在一个强大的王国里，住着一位非常忙碌的国王。他总是埋头在他的文件里，但没有人会埋怨他。别人问起时，他总是含糊地说："王国的事务。"

非常忙碌的国王有一个儿子。他每天早晚各只有五分钟的时间可以坐在父亲的膝上。之后，非常忙碌的国王就会马上停止骑马的游戏，并低声的说："我要忙王国的事务，我的儿子。"

有一天，年幼的王子用碳笔画了一架飞机，他想把作品给爸爸看。皇后说："嘘！非常忙碌的国王正在办公室里忙着国家大事。"

又有一天，年幼的王子和花园里的园丁学会了修剪玫瑰。这是一项困难重重的工作，他的手上留下了很多被玫瑰刺扎伤的伤口，他很想展示给父亲看。

"展示给我看好了。我最爱玫瑰了，尽管它有很多扎人的刺。"皇后说。她总是那么开心，笑容满面。

"不要，我要给国王看。"年幼的王子回答。他想妈妈一定会喜欢他的工作，这样一点都不好玩。

"非常忙碌的国王正在办公室里忙着国家大事。"皇后忧伤地回答王子。

就在每天只能和父亲相处十分钟的情况下，王子一天天长大了。有时他会思考，也会自问在皇宫里会有哪些重要的国事？他想象国王总是要看一叠一叠的文件，总是签署有八个零的账单，还有其他很多各式各样的事情，他也会想象有电话响了，他的爸爸回答：

"喂，莫斯科，这里是北京。(或者相反的情况)三百万？好，我买了。"

当他想到这里，就觉得非常不可思议，所以每天和父亲相处的时间都不敢超过十分钟。

年幼的王子在学校里有很好的成绩，但这时的他非常叛逆。老师非常不满

意他的表现,因此通知了国王。国王写了一封信给他的儿子:

“亲爱的王子,你要马上听老师的话,否则你的叛逆将会受到严重的处罚。如果我们不知道遵守纪律,也就无法管理国家大事。在此致上友好、崇高的敬意。国王,你的父亲。”

年幼的王子认为这是一封非常优美的书信,他把它别在书桌前的墙上,常常一遍又一遍地念着它,因为这封信表示非常忙碌的国王至少花了五分钟的时间来写。可是奇怪的是,他并没有把国王的话牢记在心,在学校里,他依然是非常叛逆。

又有一天,王子决定到皇宫的西侧看看。他带着一个巨大且声音响亮的玩具镭射枪,站在门后,开始“哔、哔、哔”“砰、砰、砰”“哔、哔、哔”地抠动扳机。在门的另一头,是一阵疯狂的叫嚷:

“发生了什么事?有空袭?是恐怖分子,快点!红色警戒!”

而当他们破门而入,只看见一个手里拿着枪的小男孩。

“在这里,恐怖分子!抓住他!击倒他!”非常忙碌的国王大声地命令。

“不是,完全错了,我是你六岁的儿子。我来见您是为了一件很重要的事,我想和您一起玩电动弹珠。”王子说。

这位忙碌的国王突然意识到他一直都待在西侧的皇宫里处理国务,六年来除了每天那十分钟,以及一大早在王子还没醒来和深夜已经睡着之后看过儿子,就再没有其他时间和儿子相处过了。这下好了,他竟然把自己的儿子和恐怖分子搞混了!

他站起来,对他的部长们说:“会议到此为止,请原谅我的失礼。我的儿子让我想起一件非常重要的事。”然后,他就和王子到对面的咖啡馆玩了一场激烈的电动弹珠游戏。

也因为这一场虚假的恐怖攻击,父子之间开始有了固定一起玩电动弹珠、散步和聊天的时间。至于国家大事肯定也不会因此而变糟。

到了王子二十岁那年,年迈的、头发斑白的国王从皇宫的西侧搬到了东侧,东侧是休息的地方。活泼好动的王子搬进了西侧的皇宫,成为一位非常忙碌的年轻国王。

老国王带着怀念的目光注视着那些皇宫的文件和数据,时常会一面翻阅这

些东西，一面回想起他年轻力壮时的时光。

常常，他会到皇宫西侧晃晃。在那里，非常忙碌的年轻国王正在处理国事。大家会对老国王说：

“嘘！年轻的国王正在工作！”

然后，老国王把耳朵贴在门后，听着纸张沙沙的声音，哔哔的响声，还有从远处传来的打电话的声音。年轻的国王说：“喂，莫斯科？这里是巴黎。”或相反的情况。

然后，满头白发、骨头松垮的老国王坐在走廊里的长凳上等着。

每天，非常忙碌的年轻国王都会从西翼里出来，和他年老的父亲打一场电动弹珠。当我说他们打一场电动弹珠时，也可能是下了一场棋，进行了一次简短的对话，或者在花园里修剪玫瑰，或其他像这类非常重要的事情。

散步的时候，老国王会不断地回想起那个十一月的早上，那场惊人的恐怖攻击。而且，他会不断重复地说着（因为他真的是老了）：

“啊！你真的是对的！我们这些老国王是多么愚蠢呀，以为如果没有每天24小时的处理朝政，甚至更多时间，那么王国的状况将会越来越糟糕。”

时常，他会看着儿子的头发赞叹地说：

“你有着一头多么美丽的黑发呀！你的双眼是多么炯炯有神！你真是个好国王呀！”

头发花白、骨头松垮的老国王，每当想起他过去的丰功伟绩就会忍不住叹气。但这不是伤心的叹息，因为他深深地以儿子为荣，他深信儿子将会继续他未完成的事。在宁静中，两个人微笑地注视着皇宫的落日。

给父母亲的话

◎ 父子之间 ◎

是什么妨碍他们“关爱小孩”？

过去的影响：即使我们生活在2009年，父亲还是会觉得他是家里的支柱，得担负起一切家计，是他带可供全家人吃的食物回家，是他掌管着家里的大小事务。如果他是成长在一个父亲常常不在家，只有晚上工作回来之后给他一个亲吻的家庭里，情况又会更复杂一些。这种情况之下，他在没有模仿对象的成长过程中自我摸索，无法真正了解所谓父亲的关爱。根据心理分析学家贝尔纳·立斯(Bernard This)的看法：“只有当过儿子的人才能成为父亲。”也就意味着：“儿子是被关爱小孩的父亲所带大的。”

对“去男性化”的恐惧：文化的问题。在成为父亲的同时，父亲总是害怕男性的特质会因此而减弱。小儿科医生特·贝力·伯哈瑞尔东(T. Berry Brazelton)认为，这种情绪甚至与一种“感觉自己内在的女性特质涌现，而产生的不安”类似。

出生的体验：如同心理学家玛瑞思·威兰特(Maryse Vaillant)的分析，在生产之后，父亲会因恋母情结的情感不断增加而感到痛苦。为了在一位生育子女的女人面前肯定自我，他会增加工作的时间，只想着赚钱。

如何反应?

千万不能采取太过激烈的手段,要慢慢来。在生产之后,强迫他换尿布是没有用的。要留给他们一些“简单的工作”。

看他喜欢做什么:帮小孩洗澡,还是晚上说故事给小孩听?

让他们做平常很喜欢做的事。比如计算机游戏,这也是一种鼓励他们和孩子玩的方式。

留给他们足够的空间:妈妈们时常会抱怨他们的丈夫没有帮忙。可是她们常常不自觉地充当了监视屏幕。因此,要避免监视丈夫的一举一动……

重要句子

◆避免一些让他喘不过气的抱怨:“你从来都不在家……”“你当然不会知道”……还有一些令人不舒服的责备。

◆说一些有益的话,一些能建立父子之间情感的话语:“在爸爸的怀里,你会很安全。”“你们是多么相像呀!”“你知道吗,你儿子一直提到你”……

6.不不的小故事

再过几天,卡洛林就要七岁了。七岁是很重要的年纪,因为在这个年纪,我们会突然觉得自己长大了,也开始懂事了。而卡洛林却待在房间里唉声叹气。她是多么希望能够庆祝生日……是呀,可是因为……有她的姐姐——不不。不不的真名叫依莎。可是,虽然她九岁了,却还不会说自己的名字,她只会说"不不"。"不不"就好像是"不一样"。不不和其他小女孩不一样,她会在一连几个小时里,不断地摇晃着头,像动物一样尖叫,有时下雨的时候,她还会跑到外面,伸出舌头来接雨滴。

"把舌头缩回去,你这样看起来很白痴。"卡洛林时常这样对她说。

卡洛林非常喜欢她姐姐,可是也很讨厌她。有时她会很想把她紧紧抱在怀里,有时又对她的一些行为感到非常愤怒,尤其是有其他人在场的时候。当她有朋友来家里时,而恰巧不不也在房里,嘴巴张得大大地坐在床上,她就很想说:"走开!不不!这里没有你可做的事情。"甚至有时她会想踢她几脚,可是她知道不不一定会哭着去找妈妈的。

在她还很小时,并不知道不不和别人不同。可是在不断感觉到别人的异样眼光、窃窃私语及一些令人心头感到一紧的事情后,最后,她还是忍不住问:

"为什么不不会变成这样?她生病了吗?"

"是个意外。"妈妈回答。

"一次飞机事故?火车?还是车祸?"

"不是的,就这样发生了,没有原因。一个出生时的意外。不不生出来就是这样。有些人生出来时就样样俱全,有些人则是……少了一些东西。"妈妈说。

停了一下,妈妈突然又加了几句话:

"每个人都有活着及享受人生的权利,卡洛林。"

她注视着她说:"你是非常幸运的,知道吗……"

人生有时是不公平的。

在房间里，卡洛林往墙上狠狠踢了一脚，又把木头玩偶朝墙上摔去。幸运？你说的还真有道理。才不是呢！我一点都不幸运。都是因为不不，所以我无法庆祝我的生日。她也是呀，她也想好好活着，有好多朋友，尽情享受人生！有好几次，她都想和妈妈聊聊，可是妈妈眼中只有不不。当她功课退步时，当她和好朋友茱斯蒂妮吵架时，她真想走到妈妈面前，直接对她说：

“茱斯蒂妮不再是我的好朋友了。”妈妈一定会叹着气回答：“你能去上学已经是一件很幸运的事。”因为不不没有学可上。

有一天晚上，卡洛林起床，想和父母谈一下七岁这个特别的生日。可是，在走廊里，她穿着睡衣，止步不前，因为她听到他们在谈论不不，他们的眼里只有不不。除了不不，还是不不。

“快去睡觉，卡洛林，我们明天再谈你生日的事。”妈妈说。

卡洛林只好将伤心和要说的话埋藏在心里，再折回房间。很自然地，她会将她的悲哀和不不的悲哀相比。她的伤心、愤怒、不好的成绩……所有的一切和不不的问题相比，都变得不重要了。最后，卡洛林问自己，难道不不不比自己幸运吗？

然而，她也很清楚不不生活得很辛苦。就拿前一天发生的事来说吧，那天，在超市冷冻食品柜前，有一位小男孩目不转睛地盯着不不看。当不不对着小男孩吐舌头时，小男孩的妈妈赶快把他拉到一边，在他耳边低声地说：

“别害怕，她有点不正常。”

突然之间，冷冻食品区变得好冷，好冷。事后卡洛林问妈妈：

“我生日的那天，不不一定要在场吗？”

妈妈的脸紧绷着，伤心地看着她，眼眶红红的，用一种平常惯有的表情，对着卡洛林说：“随便你，卡洛林。”

然后又加了一句：“我只要求你有时候站在不不的立场想一想。”

在生日那天，她回到家打开门时，发现不不不在家。

“她最好躲久一点，一整天，甚至被雨淋也没关系。”卡洛林想着。

可是随着时间的流逝，下午过后，卡洛林心里开始觉得不舒服。她的朋友都到齐了，大家在跳舞、欢笑，可是就是觉得少了一个人。不不和她那双好奇的眼睛，不不和她的问题，不不虽然一点儿都不惹人注意，但却如此真实地存在着。在蛋糕上来时，突然有人敲门。一位走路摇摇晃晃的公主，穿着一件绣有金色星星的粉红色洋装，戴着威尼斯皇后的面具，出现在门口。

“哇！好漂亮喔！”朋友们尖叫道。

不不戴上面具，化装成公主其实是为了把自己藏起来。卡洛林心里明白。不不将她的礼物拿给卡洛林——是她自己做的游戏转轮。她拥抱着卡洛林说：

“先是快柔，塔若，现走了。”意思是：“生日快乐，卡洛，现在我要走了”(可是你们应该可以听懂)。

卡洛林心里顿时觉得被爱胀得满满的。她知道不不要回到房间，在里面待一下午，把她的舌头藏起来。于是，卡洛林慢慢地把姐姐的面具摘下来，并在她的脸颊上深深亲了一下，骄傲地说：

“这是我姐姐，她的名字叫依莎。记清楚了：依莎。当我还小时，我叫她‘不

不’。可是现在再也不会这样叫她了。现在我已经七岁了,我要叫她依莎。虽然她和我们有一点不同……可是并不是完全不一样。她爱笑,也很爱玩。你要来玩转轮吗？依莎？我祝你赢得大奖！”

给父母亲的话

◎ 残疾的兄弟姐妹 ◎

“为什么那个阿姨这么胖?”“为什么这个叔叔皮肤是黑的?”“而他呢?为什么他像婴儿一样要坐娃娃车？”

残疾,或是与别人不同,一样是小孩无法了解的问题。有必要对他们好好地解释。如果在兄弟姐妹里有这种情况,更是需要解释。一方面,由于残疾的小孩会占据父母双倍的时间(而其他兄弟姐妹则必须了解原因,才不会因此感到痛苦);另一方面,是为了让他们能忍受他人异样的眼光。

爱德威治·安迪耶尔(Edwige Antier)医生主张:“一定要使用科学的字眼,清楚地向其他兄弟姐妹解释病因。”在三体性的情况里,要谈到“染色体”。用科学方式来解释,能使他以科学的方式来了解——为什么弟弟或妹妹会引起更多的注意。

也要解释为什么要担心他们的兄弟或姐妹的未来,还有,要解释为什么要花这么多时间和精力来照顾他们。当然一定要避免让小孩产生罪恶感(比如说“你呀,你真的是很幸运。不要再不知足了”之类的话等)。

7.两条相看两相厌的苹果虫兄弟

艾力欧和詹姆斯，两条英国的苹果虫，住在同一颗苹果里，一颗又漂亮又圆的青苹果。这颗苹果高高地挂在没有人的果园里的一棵苹果树上。由于知道这两只苹果虫兄弟爱吵架，他们的妈妈，雅丝蔻小姐，小心翼翼地把水果分成两半：一半给艾力欧，另一半给詹姆斯，而且各有一样数量的籽，不太软也不太硬的弹簧床，一点点碳水化合物，一点点糖，一点水，及很多很多的爱。就是所有能让这两只可爱的苹果虫长大所需的东西！这下好了，尽管如此，尽管英国人是出了名的冷静，他们还是把时间都用在吵架上。

“不准进到我这一半来！”

“退后！你有一只脚踩在我的床上。”

“你又偷了我的一粒籽！”

总之，各自都认为对方才是妈妈最疼爱的小孩。“到底应该怎么做呢？”濒临疯狂的雅丝蔻小姐自问着。“我可是以一样的方式来爱他们的，我给他们的爱也一样多呀！”随着年纪的增长，他们都长了一点胡须，也变得更浑圆了(苹果虫的说话方式)，但他们俩斗得更凶了。

“你吃光了所有的糖，这不公平。”

“不要打呼啦，真是受不了。”

甚至，有时他们还动起武来(苹果虫的说话方式)。

“没关系，反正你们都长大了，你们都可以有自己的房子，各自有自己的苹果！你，詹姆斯，到一个红苹果里去。至于你，艾力欧，到金苹果里。”雅丝蔻小姐用最地道的英国腔说。

当然，他们会仔细检查自己的苹果，寻找一些小细节来证明对方才是妈妈的最爱。

“你的苹果比较红。我的不是很熟，还充满了籽！我确定詹姆斯住得比我好！”正当艾力欧察觉到他与詹姆斯的不同，并撇着嘴说出来时，詹姆斯也正皱着眉头。

“我又一次被骗了。”詹姆斯叹着气说。

雅丝蔻小姐失去了英国人所特有的冷静。她气得胀红了脸,眼睛里闪着怒光(苹果虫的说话方式)。

“太好了!心爱的孩子们。你们给我交换你们的苹果。艾力欧睡在红苹果里,而詹姆斯睡在金苹果里。马上给我搬家!”雅丝蔻小姐大声地说。

说搬就搬。这两只苹果虫搬到了对方的苹果里,晚上各自睡在对方的床上。当艾力欧搬进红苹果时,他发现这里总有一股烦人的风,把树上的苹果吹得摇摇晃晃的。而詹姆斯发现该死的金苹果里有太多籽了。

“还好嘛,他的旅馆也没比我的多几颗星。”他们想着。

“还好嘛,他也不见得是妈妈的最爱。”他们还这么想。

于是他们就这样安心地睡着了。

隔天,一大早,雅丝蔻小姐就叫他们起床。

“怎么样?我的宝贝们?”

“还好啦!”

“普普通通。”

“其实……也没什么。”他们不好意思地说。

雅丝蔻小姐轻轻地咳了一下,说:

“你们看吧，宝贝们(苹果虫的说话方式)，远远看去，总是邻居的苹果树上的苹果较美丽。可是近看，总是籽多了些，风大了点，因为生活就是这样！你们现在知道了：我给你们的是一样的爱，等量的糖，和一样多的籽。这只是白帽子和帽子白的差别！”

雅丝蔻小姐骄傲地走开了，心情轻松地回到她那不比孩子们好，但也不会差到哪儿去的苹果里。

从这天开始，相信我，谁也不会再找谁的麻烦了。詹姆斯和艾力欧还会常常互相邀请对方到自己的苹果里。他们会一起品尝柔软的果肉，幻想着在纽约或其他地方，有着更大的苹果。他们还会住在一起，就像两只相亲相爱的苹果虫。

给父母亲的话

◎ 他们为什么吵架？◎

兄弟姐妹之间的争吵是家庭生活中无法避免的一环。这是很合逻辑的：他们分享同一个爸爸，同一个妈妈……所以也分享同一个地方。而且，各自都认为对方才是父母最疼爱的！还会发出这样的怨言：“他要什么都有，而我总是挨骂。”诸如此类。尽管我们再怎么努力地维持和谐和公平，孩子们还是会觉得，在他们之中有一个是最受宠爱的。这也许是对与自己比较相像的小孩的一种偏爱。根据小儿科医生阿尔窦·纳武立(Aldo Naouri)的看法，妈妈会对和自己排行一样的女儿有一种特别的关爱(如果她在家排行老大，她就会和长女比较亲近。排行老幺也是一样的情况)。

如何反应？

强调他们的异同：如果把他们当成双胞胎来对待，或者一直把他们混为一谈，就像“你们小孩子等等”，就会有强化他们嫉妒心的可能性。

相反，应该给每一个小孩留出与他单独相处的时间——

这是家庭生活的基本规则之一。带珂拉蕊去打网球，与强·查理单独相处。

避免“团体活动”，比如一次带三个小孩一起去看医生等。

注重各自的优点：“朱力安，你的厨艺很好”，“至于你，达夫内，你擅长音乐”……

不要常常介入他们的争执。你越是介入，他们吵得就越凶，就让他们吵。当然，要在一定的限度内。

不要企图做到百分之百的公平。如果是珂拉蕊生日，就不能买礼物给强·查理。否则大家都会陷入斤斤计较、强词夺理的痛苦境地……

兄弟姐妹之间的位子

美国心理学家夫瑞克·苏罗卫（Frank Sulloway）在剖析过几万个例子后，发现老大和老幺的特征是完全不一样的。

老大：他的身份总是比较接近“独生子”（因为他曾当过几个月或几年的独生子）。和大多数独生子的个性一样，他总是在课业上有比较好的表现，较完美主义，较专制。

老幺：对于老幺，一出生就有竞争者，面对老大已有的特权，他总是试图发展他的“攻击策略”。在发挥他的幽默感、独创性及对立精神的同时，老幺会比较活泼，有冲劲，且较具“革命特质”。

重要句子

◆“妈妈的心是很有弹性的：她可以同时爱所有的孩子。就算她有十个孩子，她对每一个小孩的爱都是一样多的。”

◆“独生子总是希望有弟弟妹妹可以和他玩。而你们呢，你们就像已经有朋友在身旁。要好好珍惜！”

相关阅读

给小朋友说故事：《十位年幼的王子》（P58）。

8. 十位年幼的王子

很久很久以前，有一位国王和皇后一直过着幸福快乐的日子，他们生了很多男孩。真的是非常多！他们有一号王子、二号王子、三号王子、四号及五号王子……就这样一直到第十个王子。每次皇后都期待有一位粉粉嫩嫩的小公主，所以每一次怀孕，她都会想出一个最美丽的名字，可最后总是生了男孩！十位王子：这就是所谓皇室"大家庭"，达到这个数字后，皇后惊呼：

"好了！这个数字很好！至于公主，只好算了。这就是真正美满的家庭！"

皇后非常以她的大家庭为荣。她总是到处夸耀她有"十个孩子"或"一串男孩"。这个皇室家族每次出游，对百姓而言，都是最壮观的场景：走在最前面的是父母亲，之后，是一个接一个成单行的男孩。因为皇室的礼节要求不能走得乱七八糟。

就像所有的大家庭一样，他们可以享有某些利益：坐火车、马车及进食堂，皇家公园的折价卡。购买令牌、皇冠、宝座等可享受批发价。当我们有十个小孩，而不需要有公主的花费时，尽管身为国王和皇后，所有的王子还是得共同使用银汤匙、皇家玩具、黄金书包及其他所有的装备！

每位王子都有明确的任务。当皇后要参加盛大的宴会时，一号王子常常要看管弟弟们。二号王子要为其他九位兄弟做巧克力薄饼。三号王子是整洁秘书长。四号王子，以他的年纪来说，他出奇的聪明，所以要帮助其他兄弟做功课。五号王子要检查所有完成的工作，包括出门前检查所有人的穿著，确保每个人都穿戴了各自的外套、围巾、手套……但十位王子都不满意各自在家里所扮演的角色。

"我呀，没人注意到我！我是透明的，从来没得到过什么东西。"五号王子低声抱怨道。

"你才好呢！"八号王子反驳着说。他的任务是每天早晚给弟弟们刷牙。如果算得没错，共有160颗乳牙，48颗臼齿，48颗门牙，32颗犬齿。十号王子没有什么特别的任务，除了在围有木棍的小床里睡午觉及穿戴已磨损、过时或缝补多次的衣服、短裤外，没有其他事可做。这些东西都已被十个人穿过，已有十年历

史了。

每位王子都觉得自己抽到了不好的号码，没有一个人满意他自己的命运。皇室的家庭里后来有了一个高峰会议，大家在这里抱怨自己的境遇不如别人好。

“不公平！我也想玩乐、嬉闹。可是人家却说我是长子，要做榜样。”一号王子抗议地说。

“是没错，可是你总有新衣服穿，有最漂亮的书包、笔及还没有被折角、乱写过的教科书。”九号王子说。

“那我呢！我不想当最小的老幺，我要当老大！”第十位王子嚷嚷着说。他的名字叫做拿破仑。

“而我呢？人家什么也不会跟我说。当老大，我还太小，可是睡午觉，我年纪又太大。我只能监督大家的穿着。”五号说。

七号及八号王子也抗议受够了帮他们的弟弟们梳头、绑鞋带、刷牙。一直没有发言的四号王子也终于说话了：

“我受到了可耻的剥削！我受够了做听写、结款项高达十亿的账、做减法及各种作业。和奴隶一样卑下！”

皇后听了王子们的抱怨非常沮丧，想了一整个晚上，睡帽都温热了皇冠下的头颅。后来,她想到了一个办法(这是经过一番仔细思考后得到的结果)。她向她的国王丈夫娓娓道来。

隔天,她胸有成竹地给十位王子看她皇冠里放的十张白色纸签,并说:

“每一个月,你们每个人从中抽出一个号码,扮演一个角色。就像转轮游戏一样!而每个人要非常确切地遵守每个角色所应尽的礼节,就这么决定了!”

于是皇宫里的生活因此改变了。每个月的第一个星期六,王子们都会在皇后的皇冠里抽出一张小小的签。有一天,十号王子抽到了一号,高兴地跳了起来。他终于可以当老大了!他要好好利用这个机会来下达一些有趣的命令。

“强·欧得!去扯猫咪的尾巴!凯萨!你去给我做十五个可丽饼来尝尝!爱德华!去刷母鸡的牙!”

一号王子抽到了十号的纸签,因此他必须蜷起他长长的腿,躺在围有木棍的迷你床上睡午觉。在学校功课最好的四号王子抽到了二号做可丽饼的纸签。他做了一些黏糊糊、咸而难吃的饼,害得整个皇室的人都开始消化不良。

一天结束后,最小的王子觉得下命令真是件累人的差事,而一号王子全身酸痛,因为要强制性休息,即使他一点也不想睡。十位王子都因为肚子痛而苦不堪言。在班上,所有的人都得到三个零分。因为五号王子,这个糊涂蛋,草率地做完了所有人的作业。大家都揪着头发打了起来。

结论是,不管排行老大、老幺,或排行较小的,都有他的好处及坏处,所以,没有人得到什么好的或坏的号码。

经常,这十位王子还是会再玩这个抽号码的游戏,只是为了看看谁是不是比其他人更受疼爱,更受赞赏。然而,事情并非如此!

拥有十个幸福的王子,皇后更是觉得幸福。她和国王一起生活了那么久,以至于想要再有十个小孩。后来,有了一位小公主的降临。大家一致赞成叫她玫瑰。但是,她不像十号王子那样爱抱怨,因为需要为她制作全新的洋装和裙子,给她粉红色的书包。十号王子非常开心,因为现在,他有了照顾小妹妹这样一项任务!

相关阅读

给小朋友说故事:《两条相看两相厌的苹果虫兄弟》(P54)。

Ⅲ 争吵与离婚

1. 美人鱼不喜欢吵架

所有的小孩都怕搔痒和吵架。仙女的小孩、巫婆的小孩、小公主，尤其是小美人鱼。

小美人鱼非常讨厌听到父母亲吵架，因为水传达声音的速度要比风快五倍，而且声音会比原来的更大五倍。这就是为什么在人鱼家庭里，夫妻吵架，有时只是单纯的口角，都会转变成水底生活的噩梦。

在美人鱼爱玛家，争吵往往都是这样开场的：

“再说一遍你刚刚说的话！”

“你以为你是谁？”

“喔……别又来了？”

“你头脑有问题！！”

然后，在水里冒出几个水泡之后，慢慢地开始翻腾，翻腾，接着……暴风雨爆发！

每当海水这样翻滚的时候，爱玛眼前会突然一阵模糊。由于水的波动，父母亲的影像开始在她眼前变形、扭曲，变得很可怕。真是太丑太丑了。

因此，爱玛的心都凉了。她两手捂着耳朵，感谢上苍赐给她的是一双手，而不是一对鳍。但尽管捂住了耳朵，她还是听得见这样的话：“我讨厌你，我讨厌你，我再也不想见到你。”

这些争吵真的是自然环境里的大灾难。当争吵一开始，一群群彩色的小鱼儿就快速地逃到大海的另一头，就好像是被鲨鱼追赶一样。海胆们静止不动，海葵们悄悄地释放出毒素，而章鱼们则吐出一团团的墨汁。

爱玛心想：“这怎么可能呢？有着一双手，长着人鱼的尾巴与大脑的大人，竟然会在水中像婴儿一样尖叫？”她又想到所有那些离婚的人鱼父母，各自分开，到很远的地方生活，一个到亚德里亚海，一个到大西洋去。

她对自己说：“因为妈妈爱爸爸，所以她的肚子里才有了我。可是，如果我来到世上只是源于他们的爱，那我同样也能完全消失！”当然，这么想有些极端，可是在小美人鱼的脑袋里，却觉得非常合乎逻辑。而且，小美人鱼并不是一般的鱼，而是真正的小女孩，脆弱，且心里充满了想象力。所以，当她听到父母互相骂对方时，就好像听到自己心碎的声音，像镜子裂开一样。

可是她又能做什么呢？她听说有一位美人鱼用自己的尾巴换来了一双腿。“一双腿，对我一定很有用处，我可以逃到陆地上，远离大人们的问题。”她幻想着。

为了怕被这些争吵声给烦死，爱玛离开了，她离开了这个像迷宫一样的海藻森林，这片充满吼叫的水域，那一张张扭曲的脸，和一阵阵的海底风暴。她想逃得越远越好，逃到海底的深渊里去。在那里，世上所有的尖叫声都比不过深层的寂静。

爱玛把自己关在一个巨大的贝壳里，一直到什么都听不到，没有水滴声，也没有鱼儿的鳍抖动的声音，只剩下自己的心跳声。

晚上，当大家发现爱玛不见了，他的爸爸、妈妈和所有的人鱼姐妹到处找她。他们到很远的温水区、热水区里找，用手拨开海藻，一个个地翻着海葵，轻轻地拍打贝壳的门："爱玛，你在里面吗？"

大家都紧张得不得了，以为她会永远消失不见。的确是有这样的危险性。因为在深海里，在海的最深处，一只小美人鱼，就算是经验丰富，也很有可能会迷失方向。

她的父母亲想：她也许被打到岸边去了？或者，被鲨鱼吃了？可是，当他们看到她躲在大贝壳里，双手捂着耳朵时，他们赶紧将她拥在怀中，慢慢地往上游，回到家里。相信我，他们一定感到很羞愧。他们对小美人鱼说："请原谅我们。你知道的，我们两个是大笨蛋。可是，我们跟你保证，现在我们已经和好了。"

爱玛在家里又恢复了以往朝气蓬勃的样子。她想："世界差一点就毁灭了，我还以为你们要用你们那恐怖的尖叫声，杀死所有的小鱼儿呢。"

随着年纪的增长，小美人鱼渐渐能了解每天生活中的小事情了：疲劳、神经紧张，就像滴水穿石一样，以为没什么大不了的，却会在某个时候引起很大的争吵。

当她真的长大后，再听到这些争吵，她可以一笑置之。因为她知道再也没有什么好担心的了，不会再觉得心冷，也不会再感觉心像破碎的镜子一样了。

而且，在听他们吵架的同时，她对自己说："刚才你们跟我说，再也不吵了，可是我是假装相信你们的！我很清楚，你们还是会继续大吵大闹，因为生活在一起，很难避免发生口角。我也知道，世界不会因此而毁灭的。"

给父母亲的话

◎ 父母亲吵架 ◎

孩子们完全能意识到自己是"爱的结晶"，他们的存在是由于父母之间的爱，是父母双方情投意合的结果。当这段感情出现了裂痕，他们会或多或少地感觉受到威胁。这是他们不安的原因。

当然，所有的争吵都是不值得的……有些是严重的争吵，有些则不是很严重,可是当他们听到大声吵闹和怒骂时,又怎么能分辨两者呢?

有些夫妻个性特别暴躁,为一点小事就吵了起来。也有些夫妻争吵次数较少,但较为激烈。如果夫妻关系已经破裂,最好是冷静地和小孩讨论这个问题。向他解释发生了什么事,同时要让他知道你对他的感情并不会因此而改变等等。

此外,没有必要讲一些太细节的事。从朵乐多(Dolto)时期以来,父母们都希望什么事都能详详细细地跟孩子们说明。他们把孩子当成诉苦的对象。根据儿童心理学家们的看法,这种情况会越来越普遍,这叫做成年型或"父母化"的儿童。可是,孩子并没有能力去承担这些知心话,更没能力介入这些导致夫妻感情不和睦的问题。

重要句子

◆"生活在一起并不是件容易的事。有时难免会大声说话或吵架。虽然如此,我们还是会一直爱着对方。"

◆"父母亲不应该在小孩面前吵架。可是有时候会忍不住而开始大吵。但你要了解,爸爸妈妈偶尔也会有做错事的时候。我们也不是完美的人。"

相关阅读

给小朋友说故事:《欧菲丽不想离婚》(P74)。

《两个家或颜色的故事》(P69)。

《魔法墙》(P66)。

还有有关国家之间的纷争:《兔子的战争》(P211)。

2. 魔法墙

很久很久以前(有十万年那么久),有一对郎才女貌的年轻的国王和皇后,他们有很多小孩。不过这并不是问题的所在,而是随着时间的流逝,他们的生活越来越不幸福。我来告诉你为什么。

——因为有一座石墙隔在他们两人之间。

“找出筑这面墙的家伙,吊死他,拷打他,将他五马分尸!”人民生气地骂着。

你知道的,当华丽的马车经过时,没有什么比看见恩爱的国王和皇后更令人高兴的了。没有什么比看见国王轻轻抚摸皇后,皇后亲吻年轻的国王更好的了。还有:来!让我轻轻帮你按摩,将你拥入怀里,在你的耳边倾诉爱的笑语。这些都是永远看不腻的景象,尤其是对小朋友。可是有了这面墙,什么都变得不可能了。刚开始时,国王和皇后还可以互相依偎,然后,是只能搭住肩膀,接着只能摸到脖子,这面墙真是太高了,高到不能互相轻吻和触摸到对方。直到有一天,什么都不能做了。连用手打招呼,或从眼中传达情意都不能。最后真的是束手无策。国王和皇后只能晃着臂膀,无所事事,而那华丽的马车也只能待在仓

库里。

为了摧毁这面墙，人们可真是用尽了各种办法：找来会喷火的龙，用了很多棒状的炸弹，5000个奴隶，投射器，时速73万公里的圆炮弹，可是这面墙仍然屹立不动。也许是因为它具有一些魔法吧！

最大的问题是：这段时间以来，国王和皇后开始习惯了这面墙。当一个人说话时，另一个没有在听；当一个人在注意听时，另一个则跑去采樱桃或穿珍珠。有一天，国王传给皇后一个温柔的吻，非常非常轻，毫不引人注意，可是却改变了一点点现状。皇后以为是墙壁裂开的声音。又有一天，皇后从墙上的一个小洞里，塞进一张写了一些温柔的话的小纸条，可国王却以为是墙壁里有蚯蚓的关系。但是，这些甜蜜的话语起到的效果就像有时候下雨的作用一样。

有一天，国王和皇后不说甜言蜜语了，反而互相传给对方一些恶毒的字眼。像“聒噪的老女人！”“老笨蛋国王！”“老泼妇！”“老臭猫！”……你知道后果了：到处有一桶桶滚烫的水，满天恶毒的话语，一把把毒蜘蛛和一些黄眼睛的蝎子。这个新游戏叫做“谁比谁会骂人”、“谁是骂人冠军”。这样持续了三年三个月又三天，可能还更久。

这个故事看起来也许像是一个滑稽的游戏，可是现实生活却不是一则故事。事实上，在真正的生活里，这种情况一点也不好笑，尤其是对于孩子们，他们再也看不到华丽的马车，再也看不到世界上最幸福的夫妻向他们挥手致意了。

有一天，在一个晴朗的早上，国王起床时想到了一个笑话。有时候，的确会有这种事发生，我们会自己一个人笑（你可以在公交车或地铁里看到很多人都会自己一个人笑）。国王拿下睡帽，检查帽子里是不是有什么东西在搔他的痒。可是帽子里什么都没有。

这是一个很短的笑话，有点愚蠢，就像：“对面包师傅来说，什么是最妙的事情？就是切面包的板子上还有面包！”啊！真是有趣的笑话，国王想着。他立刻把笑话说给皇后听。皇后不屑地笑着，可还是觉得心里痒痒的，不管怎样吐气、咳嗽，她还是“噗哧”一声笑了出来。在墙的背后，她对国王说：

“对水电工来说，什么事是最妙的？”

“灵光一现！”

从这天开始，国王和皇后就开始不断地彼此交换有趣的故事，愚蠢的笑话，一些听起来很无聊的话语，可是，这些都会使墙两边的两个人笑。在讲故事时，最有趣的不是那些带点愚蠢的笑话，而是说笑话的方式。就这样，突然之间，墙开始缩小、变矮了！国王又再次看见皇后的脸，她的眼睛里充满了笑意，又看到了她那纤细的脖子、肩膀、身体。他有了一种想要在她耳边深深吻一下的欲望。这面墙就因此而消失了！

从这天起，投射器、喷火的龙，以及时速73万公里的圆炮弹，都被收回到了仓库里。仆人们又重新开始他们的工作：日夜不停地搜集有趣、可笑的笑话和甜言蜜语。因为现在大家都明白了，其实是国王和皇后用他们那些坏习惯、不好的想法、恶毒的话语、蜘蛛、蝎子等，把这一面墙盖起来的。总而言之，就是他们之间缺少了亲吻和拥抱。

这类的墙，其实还有一百、一万、甚至几百万个。它们存在于爸爸和妈妈之间，爷爷和奶奶之间，或者男女朋友之间……因为太多了，以至于我们都疏忽了它们的存在。

当第一颗石头出现时，试着给对方一些笑语和拥抱，你会看到一些很明显的效果。石头会因此爆炸！否则，当墙已经形成了，就需要很大的力量，很多的努力，很响亮的笑声才能将它摧毁。

相关阅读

父母亲之间的争吵：《美人鱼不喜欢吵架》(P62)。

《欧菲丽不想离婚》(P74)。

国与国之间的纷争：《兔子的战争》(P211)。

3. 两个家或颜色的故事

春天的某一天，路易的父母决定改变原来的生活方式。

“我们将搬离绿色的房屋，到别的地方去。你看着吧，一定是很棒的。”

路易的眼中闪闪发亮。

“那我会有一间很大的房间吗？爸爸也会有新的书房啰？”

路易的妈妈脸上露出很开心的微笑。

“比这更好！我们将有两个房子。一个是给我们的，一个给爸爸。这样很棒，不是吗？”

路易摇摇头，心想：“妈妈处理事情的方式真是不可思议。”“这将会非常美好，非常神奇。你一直想要有一个更大的房间，现在你会有两个房间。一个在爸爸家，一个在我家。你一个周末和爸爸一起过，另一个周末和我一起过。周末的时候，你就是我们的国王，我们都是为了陪你喔！”妈妈接着说，脸上挂着像小丑一样虚假的笑容。

路易突然觉得肩膀上被什么东西重重地压着。国王？他可是从未想过要当国王。

可是，路易什么也没说，反而在脸上挂上一个大大的笑容。

“你真是一个乖孩子！你真懂事！”妈妈说。其实，好几天以来，她说话时总是充满了赞叹的口气，在所有句子里都加上了“太棒了”、“太美好”的字眼。

在这样一种“愉快”的气氛里，在这样一堆假笑和虚伪中，每个人都准备着自己的箱子。路易的爸爸一面打包自己的行李，一面对他眨眨眼。

“爸爸，你看起来很高兴的样子。”路易说。

“对呀，你看着，一定是很棒的。”爸爸的声音显得有点累。

真是幸运，他们找到了两栋离得不远的房子，一栋是黄色的，一栋是蓝色的，和之前的绿色房子不一样。路易到黄色房子去见爸爸的时候，妈妈帮他拿着他的小背包，里面放着周末时要用的蓝色的日用品。当路易问妈妈，什么时候大家一起回到绿屋去住时，妈妈的的脸上没有微笑，并移开了视线。

“啊，快了！快了！别担心，亲爱的。”她开心地说。

因为，大人常常为了保护孩子而对他们编造一些童话故事。他们不敢对孩子说之前美好的生活已经结束了，再也不会回到绿屋去了。

生活就在两栋房子里进行，或者说，在两栋房子之间进行。路易有着蓝色和黄色的牙刷，蓝色的袜子和黄色的袜子，蓝色的书和黄色的书。所有的东西都分成两边：颜色，回忆，父母。从前只有一种颜色，现在有了两种。这是第一次，路易明白了时间的流转，有过去、现在、未来，有之前和之后。没有什么还能持续存在，也没有什么能混在一起。

当妈妈陪他到蓝色的房屋时，她会把他留在门口，然后深深地把他拥在怀里。爸爸也一样，从来没有进到黄色的房屋里去，他会让路易先下车，然后说：“我赶时间呢，我要走了。”

可是，爸爸妈妈彼此还是会询问对方的现况。

“妈妈好吗？”爸爸问。

“你爸爸有没有瘦得太多？”妈妈问。

而路易会聪明地回答：

“啊！妈妈，她好得很呢。”

“爸爸身体好得不得了。”

尽管看起来像是个“懂事”的孩子，可路易内心却非常混乱。在内心里，他可以吼叫、怒骂、大声地说生活真是太无趣了，父母真是太过分了。有两个家，生活一点也不轻松！

路易常常迷失在走廊里。在蓝色的屋里，他找着黄色的房间。而当他半夜在黄色的屋里起来上厕所时，总是走到厨房里去。他到肉店里买面包，向玩具店老板买酸奶。有一天上学时，他还一只脚穿着黄色的鞋，另一只脚穿着蓝色的鞋。又有一天，上体操课时，他忘了穿运动裤，穿的是小丑的服装。

“你真是心不在焉。”老师叹气地说。

可是路易一点也没察觉到。

母亲节的时候，他带着刮胡刀到妈妈家。圣诞节时，他送给爸爸一对心形耳环。“路易正处在一个非常容易分心的阶段。”老师在联络簿里写道。其实，路易不是注意力不集中，也不是生活在蓝色或黄色的房子里，而是完全还活在过去绿色房子的生活里！他总是想着跟妈妈散步的时候：

“很快我们就会搬回到绿色的屋子里去了……”

到底是什么时候呢？

然后，有一天，很巧的，爸爸和妈妈在路上碰见了。路易和爸爸在一起，他站在两人的中间。父母亲的脸一下子就变红了。

“啊，你在这里做什么？”妈妈问。

“那你呢？你又在这里做什么？”爸爸问。

“散步呀。”

“我也是。”

（这真是一段非常有趣的对话。）

“嗯，不如我们一起去吃饭吧，三个人一起？”爸爸问，一脸有趣的神情。

路易不敢表现出兴奋的心情。但心里面早就高兴地跳了起来，到处蹦蹦跳跳的了！父母亲要和好了，所有的颜色要再一次融合在一起了！在吃甜点时，在绿色的开心果冰淇淋面前，他开心地问：

“所以呢……今晚我们是要一起回到绿色的房屋去住了吗？”

妈妈专注地看着杯底。

“我的路易，我们要跟你解释清楚……”妈妈说。

他们对他们的小男孩说，他们再也不会住在一起了，永远，永远。妈妈再也不像先前一样，装出小丑般的微笑，也不用那些“太好了”、“太棒了”的字眼。路易哭了，他开始大骂、跺脚，说他们是骗子。常常，大人们不知道该怎么说出真相，尤其当真相是非常难以启齿时。可是，一定要这么做！

之后，路易觉得好多了。第一次从内心深处觉得，什么事情都变清楚了，黄色和蓝色永远不会变成绿色，而且永远都会保持着他们各自的颜色。在他的记忆里，绿色房屋永远是绿色的。当事情都说清楚时，随着时间的流逝，路易不再穿错袜子，买错礼物，也不会搞错牙刷和运动裤。他拥有过去的生活，绿色的生活，及现在的生活。

晚上时，路易常常会要求妈妈说一些绿色房屋里的事情给他听，这会令他觉得非常幸福，因为那是一个非常美丽的故事。

“我以后一定要生活在一栋绿色的房子里，像希望一样的绿色，再也不会有分离，再也不会。一辈子只有一种颜色。”他对妈妈这样说。

“你说得很有道理，我也衷心地祝福你，我相信你一定会做到的。”妈妈回答。

在黑暗中，在绿色夜灯的光晕下，妈妈久久地抚摸着沉睡中路易的头发……

给父母亲的话

◎ 关于分居 ◎

当这样的决定已经无法挽回时，最好还是以自己最真实的感觉和话语对小孩解释一切，而不是一味地伪装出小丑一样的笑容。小孩子是很敏感的。法兰克斯·朵乐多（Francoise Dolto）也说过，在家里，小孩……和猫都知道发生什么事了。

在对他公布你们分居的消息时，一定要强调：这个决定是无法补救的。否则，他一定会想办法让你们重修旧好。如果你们还会像朋友般见面，一定要告诉他，不能对这些见面有所期待，这是很重要的。

你一定要把事情说得清清楚楚，千万不能因为怕他伤心而背叛自己。

对他详细说出所有的安排：每两个星期，他可以到爸爸家度周末。在这里，他有自己的房间。在他爸爸家，也有房间可住，还有自己的衣橱等。

不能留给他一些未知的事情：用行事历（一个月的那种行事历）标示出所有重要的日子，及要到父亲家的周末（特别标示）等。

试着准备多份衣物在他的衣橱里，预防忘了带东西时（睡衣、牙刷、袜子、内裤、换洗衣服等）对他造成的沉重感。这样能避免让他觉得在两个家庭来去之中，自己好像是个过客。

他越是觉得你们已经接受了现状，而他也就越能接受它。同样情况，很明显的，我们也不应该在他回来的时候，说对方的坏话。

不管和前任丈夫的关系如何，一定要避免紧张的气氛……而且，为了小孩，我们要提供各式各样的沟通渠道：电子邮件、传真、信件、一些温柔的话语……

不需要介入他和父亲之间的联系。他和父亲之间的关系，其实只和他自己有关……

重要句子

◆“我们太常吵架了，这样对你来说也是难以忍受的。”

◆“大人之间会停止相爱……可是他们永远不会停止爱他们的小孩。”

◆“我们之间产生的问题和你一点关系都没有，这方面，你可以放心。”

◆“我们两人之间的关系真的已经结束了。可是和你的关系，还是会继续存在！你永远都可以和我们两人见面，千万别担心。”

相关阅读

给小朋友说故事：《美人鱼不喜欢吵架》（P62）。

《魔法墙》（P66）。

《欧菲丽不想离婚》（P74）。

4.欧菲丽不想离婚

当欧菲丽小的时候，她看见父母亲，像所有小仙女一样，站在星星雨底下，到处都充满欢笑声。当爸爸把她抱在怀里，腾空旋转的时候，她就像站在空中一朵粉白的云彩上，四周撒满了仙女的神奇粉末。

可是这几个月以来，世界失去了它原有的魔法。暴风雨夹杂着强风，仙女的神奇粉末消失了。到底是谁下了诅咒？让她的父母不断地吵架、大声说话、叹气、怒骂，有时候还更糟，是一场阴沉的冷战，充满了责备与怨恨。欧菲丽想："对于一位小仙女来说，要忍受这一切真是太痛苦了。为了'习惯'这种不幸，我宁愿一出生就是位巫婆。"

几个月以来，她都觉得自己生活在巫婆的世界里，有一些尖尖的帽子和一些古怪的事件。甚至连仙女的粉末都变成黑色的了。妈妈变得像巫婆一样，可是，从前的她还是最美丽的仙女呢。妈妈会长出大大的瘤和弯弯的下巴吗？至于曾经脸上总是充满微笑的爸爸，现在只会大声叫骂，指着他的妻子，仿佛要下魔咒似的。从他嘴里发出一连串的咒骂："扫把星，巫婆！""流口水的老蟾蜍！"还有："不要对我指挥来指挥去的，凶婆娘！"

之前遵循仙女王国守则的他们，现在改变魔法，并对彼此做出一些恐怖的事情：枕头底下的蝙蝠，臭掉的葱汤，会在满月时狂叫的黑猫，还不包括贴在天花板上，或留在心底的那些恶言恶语，就像蜘蛛网一样。真正的黑巫术。

然后有一天，欧菲丽不小心听到了父母亲的谈话。那天晚上，他们两个人都非常冷静，可是所说的话却是那么苛刻，比平常更令人难受。

"你想离婚？好呀，我们就离婚吧。"

"我们不应该再生活在一起了。"

"那我们就分开。"

吵架，离婚，分居？她的心开始颤抖。在仙女王国里，可能发生这些事吗？"魔法棒是要把一些适合的人聚集在一起，而不是将他们分开的呀！"欧菲丽想着。

在图书馆里，她翻遍了所有古老法师的魔法书，记下所有能使人重新在一起的魔法。

比如，采三朵夏末的报春花，将它们浸泡在玫瑰茶里30天；摘下白蝴蝶的翅膀，裁成心形；将“超强黏胶”、仙女粉末和蚜虫的黏液一起烹调并仔细搅拌均匀……

欧非丽把所有的时间都用在了制造她的神奇药水上，以至于耽误了学校的功课。而且在仙女王国里非常相信念力的神奇功效，所以她晚上再也不睡觉了。“如果我一直想着一些幸福的日子，那它们就会实现。”她对自己说。

欧非丽梦到从前爸爸将她高高地抱在怀里，玩坐飞机的时候。那时，仙女粉末还没有像木炭一样黑。她还梦到从前父母亲会彼此亲吻对方脖子的那一段时光。

就在这些幸福的梦中，有一位仙女从漩涡中出现了。欧非丽揉一揉眼睛，她从未见过这位笑容可掬的仙女，这么亲切、温柔。

“你好，欧菲丽，我是你的教母仙女。”

“教母仙女？”

“没错，所有的小孩都有一位看护他们的教母仙女。我不是你的家人，也不是朋友，可是我是来帮助你的。你可以告诉我你所有不如意的事情，我会保守所有的秘密。”这位女士回答。

欧菲丽慢慢地诉说起她的不安，还有关于仙女粉末由粉红色变成黑色的事情。“帮帮我，教母仙女。我相信一定有什么方法可以使我的父母重新在一起，使世界重新找回它的魔法！”

可是教母仙女伤心地摇摇头，说：“该是让你明白一切的时候了，世界的形成不是只有魔法，它总是有一点粉红，又有一点灰。有很多的幸福、欢笑，但有时也有争吵和分离。尽管我们是仙女，也无法改变什么。”

欧菲丽感到极度地哀伤：“也就是说你帮不了我了……”

“当然可以！我会帮助你活得更幸福。”

教母仙女拿出一支闪闪发亮的魔法棒，说：“借助这个东西，你可以自由移动。你可以一下子去爸爸家，一下子去妈妈家……如果想再到爸爸家，只需要一瞬间！而且我可以跟你保证，父母对你的爱将永远不变。当他们不再住一起时，他们将停止骂对方是流口水的老蟾蜍，他们也再不会放蝙蝠在对方的枕头底下，而且，他们也许会重新开始尊重对方。而你呢，他们将会爱你胜过一切。”

欧菲丽突然觉得心里像玫瑰葡萄酒那样清爽，并且出奇地轻松。因此，再不需要不断地尝试了，让一切回到过去！她放弃了所有为使父母和解的点子：重新黏合、十字刺绣、烹调黏胶及其他一些魔法。也明白了，为了改变一些事情而把自己累得筋疲力尽是没有用的。

她接受了父母分居的事实，迁就现况。当她觉得很难过的时候，她会向教母仙女求救。

“我不是妈妈，也不是朋友，可是你可以对我倾诉任何事，我会保护你，也会保守秘密。”教母仙女总是这样重复地说。

多亏了这位亲切的教母仙女及父母亲的爱，欧菲丽小仙女长大了，在这个不是只有神奇魔法的世界，却还是有幸福存在的世界，健康茁壮地长大了。

欧菲丽想:“人们总是认为仙女国里是幸福、神奇且和谐的。可是这并不完全正确。世界有时是粉红的,有时是灰的。一定要明白这个事实……”

相关阅读

给小朋友说故事:《两个家或颜色的故事》(P69)。

5.熊爸爸走了

这一天早上,当三只活泼的熊宝宝从棕色的夜醒来时,就像平常一样,想在熊爸爸的背上打滚,玩骑马的游戏,嬉笑,抚摸,聊天,胡言乱语。

这是他们最喜欢的游戏:还在赖床的熊爸爸听到他们嬉闹的声音,会用他雄厚的声音,假装生气地吼道:

“你们给我等一下,我一定要抓住你们,顽皮的小熊!我们大人只有周末才可以好好地睡一觉。”

熊爸爸假装要敲他们,打他们耳光,给他们一掌有力的熊掌。淘气的熊宝宝们则大声尖叫,倒在地上大笑,或互相搔痒。

可是,这天早上,小熊们起床时,发现床上是空的。熊妈妈已经起来了,而且正伤心地看着窗外,就好像童话故事《金发女孩》里的情景一样。

可是现在不是在童话故事里。

“你们的爸爸走了。”熊妈妈吸了吸鼻子说。然后就立刻去准备蜂蜜可丽饼。

“啊?”熊宝宝们觉得爸爸一定是去买蜂蜜和报纸了,还有一些吃饭用的草,还有去买一个星期需要的东西。

可是……他们等了一整天,当晚上天空布满星星时,他们才知道今天晚上爸爸不会回来了。他是到别的地方冬眠了吗?是去西伯利亚吗?那里的蜂蜜比较香吗?因为不断地想着这些问题,小熊们不再像平常那样活蹦乱跳。也许他在回家的路上遇上一位“金发女孩”?

在许多熊的家庭里,听说也有一些爸爸循着大熊星座离开家,去开始另一种生活,或者跟着另一只母熊离开了。

“有些熊爸爸离开是为了拥有更有趣的生活,有些是为了换换环境,离开一或两个月,透透气。可是从来不会因为有一只或两只,甚至三只顽皮的熊宝宝而离开。”熊妈妈马上对熊宝宝们解释。

尽管她很想说熊爸爸的坏话，但是她什么都没说。

“他是非常爱你们的，我知道他一定非常想念你们。”她眼眶红红地注视着熊宝宝们说。

日子一天天过去了，还是没有任何消息。

现在洞穴里的生活和过去大不相同。早上再也没有雄厚的声音叫他们起床，也没有大大的手掌，牵着他们一起上学校。当家里少了一个爸爸时，就什么都不对劲了。没刮干净的胡子，大大方方的手掌，粗粗的吼叫声，还有那会随着笑声抖动的大肚子，香烟的味道，还有他打哈欠的样子，那么大声，连洞穴里的墙都会震动，还有他生气、发脾气的样子……都不存在了。

为了能再一次被爸爸打屁股，三只小熊宁愿什么都不要。和妈妈在一起，生活总是充满了温情和舒适。可是，毫无疑问，还少了一点力量和惊喜。大家都这么觉得，可是没有人敢说出来。最后，只好什么都避免提到，尤其是“爸爸”这个字。因为只要听到一切有关爸爸的事情，甚至只听到一个和“baba”有关的音，妈妈的眼眶就会立刻红起来。

所以，大家当然都避免谈到爸爸或和“baba”有关的词。从这几天开始，就再

也没有谈到什么重要的事了。大家不会提到“芭蕾舞”、“拔河”、“巴黎铁塔”、“巴比伦花园”、“巴士”，也不说“番石榴树”、“芭蕉扇”、“霸王别姬”、“八国联军”，更不会讲到“疤痕”。一想到这里，还有什么字或词是从“baba”开头的！所有字典里有关“baba”的音都不会在洞穴里说到。

由于等待，不断地等待，熊爸爸的长相慢慢地在熊宝宝的记忆里模糊了。在他们的梦里，爸爸变成彼得潘、狮子王，还有其他很多童话故事里的人物。而熊爸爸吼叫时的表情也慢慢地被淡忘了。

在长久的等待之后，有一天，有一封信寄到了熊宝宝们的信箱里。这是在熊爸爸离家出走这件事过了好久之后发生的，久到家里已经多了一位新的熊爸爸，而熊宝宝们也重新恢复往日淘气活泼的样子，熊妈妈再也不会眼皮红红的了。

“宝宝们！快来！有一封爸爸的信！”熊妈妈叫着，她知道这三只小熊对他们的爸爸十分依恋。

“我最亲爱的三只熊宝宝，我真的是非常想你们。这星期六我会回来看你们，我希望你们能原谅我。我只是回来看你们，和你们玩耍嬉闹，做辣椒蕃薯，胡言乱语地聊天。等我喔，我星期六早上会到。”

你应该看看这三只小熊高兴的样子！因为他们知道，就算爸爸再也不住在家里了，爸爸和小熊宝宝之间的爱还是会一直持续到永远：有一辈子的时间可以轻轻地抚摸，玩耍，抓蝴蝶，可以用天南地北的胡侃来弥补过去的时间！

给父母亲的话

◎ 爸爸不在时 ◎

记得那些数字统计：每三对夫妻中就有一对离婚，在巴黎是两对里就有一对离婚。大部分的情况，都是妈妈拥有监护权……但这并不表示爸爸是位不受欢迎的人。相反，现在，由于父亲可有十五天产假法令的通过，我们都知道父亲在家庭教育里有着重要的地位。

我们知道的有：

1.在怀孕时，胎儿能听到父亲的声音，还能闻到他身上的麝香味。

2.出生时，爸爸和婴儿之间的互动都是比较活泼的，比较多的是肢体运动，这也是出生后的情况。一些专家发现，爸爸抱小孩时，总是把婴儿的脸朝外，就好像为他开启了世界；而妈妈在婴儿一出生时，会紧紧地把他抱在怀中，把婴儿的脸朝向自己的胸部。

3.在象征性的计划里，爸爸总是扮演着开启社会、世界，甚至宇宙之门的角色。还有对于语言、法律及规范的启发。

当爸爸不在时，小孩会完全吸收妈妈的想法：就像镜子一样！当爸爸在时，就会有经历和感情的流通：好斗性、情感性、害怕、幸福感……这样就健康了许多。

根据心里分析学家克里斯汀·欧立维(Christiane Olivier)的分析，如果女孩小时候，没有经历过和父亲一起的生活，长大后，心中就会有对白马王子的期待。她们将大量阅读爱情小说、减肥及尽量在自己身上加强女性特质，目的是为了吸引男人，因为她们小时候从没有得到爸爸的赞美……

弥补他的缺席

如果爸爸离开家里了，一定要设法弥补父亲这个角色的空缺(比如可以让爷爷或教父等来充当这个角色)。我们也可以常常和他一起回想小时候和父亲玩耍的情景，一起看小时候的照片，向他描绘他出生第一天时，爸爸也在那里，还将他抱在怀里的情景。

此外，不论我们心里对他离家的父亲有什么不满，我们一定要避免在孩子面前批评他。

重要句子

◆“你爸爸非常爱你，我可以确定他非常地想你。”

◆“你知道吗，有时我们会想要在另一个家里开始另一段爱情。而这时，我们就会夹在爱上另一个女人，与想再见到自己小孩的欲望之中。”

6.我在等新爸爸

早上,妈妈一副神秘兮兮的样子来到孩子们的房间,好像有什么重大事情。

“我有一件大消息要宣布,我的宝贝们。”

“是什么?我们要有新的宝宝了?不会吧……告诉我,我是在做梦。”弗瑞德叫着说。

“宝宝?我可是很高兴有个小宝宝。我要他睡在我的房间里!”茱莉回答,她今年六岁。

“不是啦!我们不是要有个新宝宝……而是新爸爸!”

“天哪!”弗瑞德想着。

“唉呀呀!”茱莉想着。

两个人的脸色白得像阿司匹林药片的颜色,惊讶得嘴巴都合不起来。

宝宝,我们知道他是从哪里来,怎样找到他,可是爸爸?

“你是在哪里找到他的?在公园里?网络上?海边?博物馆里?还是在火车里?”弗瑞德问。

“总之,不是在一个惊奇袋里找到的!”妈妈回答。脸上有着无奈的笑容,因为她不知道应该说些什么。

“你说的事一点都不好玩。”茱莉反驳地说。她总是和哥哥站在同一阵线。

“有新爸爸一点也不好玩。你看,在所有故事里,有继父继母的小孩都很惨。灰姑娘被她的后母当成佣人,白雪公主还被那个恶毒的巫婆下毒。还有哈利·波特受尽继父虐待的例子。”

茱莉开始哭了:“我想要一个可爱的乖宝宝!不要一个会把我们关在黑暗里的坏爸爸!”

“而且,我们已经有个对我们很好的爸爸……不需要再有第二个!他一定会找我们麻烦的。”

“我一定不会亲他，而且会对他很坏，让他再也不敢来家里。”

这一次，换成妈妈的脸变得像阿司匹林一样白。

“是我没有把事情好好说清楚，我的小宝贝。我将有个新的丈夫，而爸爸还一直都会是你们的爸爸。我的新丈夫将过来和我们一起住，一起生活，就只是这样而已。他将是……你们的新朋友。你们当然也要听他的话，可是他当然不会是你们的爸爸！”

妈妈又接着说：“恶毒的继父继母只有在童话故事里才有！”

之后的几天，茱莉想着要怎样孤立新爸爸，怎样将他摧毁、消灭，使他化为粉末。她想了许多计谋，设计了一个对付新爸爸的陷阱（把妈妈放在另一个房间里，然后用笼子把新爸爸关起来）。她决定要扮演一个令人讨厌的小孩，从不说谢谢，还会对他吐舌头，常常把“便便”的字眼挂在嘴上，甚至更糟。她也想过把妈妈关在储藏室的最里面，把她的嘴巴塞住，然后给新爸爸一封信。信里写道：“亲爱的朋友，我不想再见到你。永远，永远。签名：妈妈。”她也想到要找新爸爸出去，给他介绍新的女朋友、保姆，或者是慕德的妈妈……随便是谁，只要不是

妈妈就好了。

每天晚上,茱莉都梦到新爸爸,有一天晚上,还梦到新爸爸是吃人妖许瑞克,全身是绿色的,长得很恶心,他用烂泥巴洗澡,还爱抠鼻子。隔了一天,又梦到他是一位非常严厉且长得灰灰的先生,他一边挥着鞭子,一边大声地说:“工作！快点！工作！”

当这个特别的星期六来临时,门打开了,茱莉看见新爸爸,不是绿色的,也不是灰色的,而是长着一头棕发,还戴着一副看起来有点滑稽的眼镜。

“我叫皮耶尔。”他微笑着,并伸出他微微颤抖的手。

皮耶尔带来了一个黑色的公文包,他的神奇包包。他可以让扑克牌飞起来,在茱莉的手上变出一坨坨泡沫,把球变成小狗,还教了弗瑞德几招用绳子变魔术的把戏。茱莉觉得有点惭愧,之前她竟然想了那么多方法要使他消失。

“我们很难把一位魔术师变成粉末,给新爸爸设下的陷阱看来是行不通了。”她想着。

当皮耶尔看见他们那惊讶的目光,他不再害怕了。

“我好高兴……我真的好高兴……我有了新朋友了。”他说。

傍晚的时候,茱莉走近妈妈的身边,说:

“他是个好人……”

“他还不错……他长得不像害白雪公主的巫婆。”弗瑞德噘着嘴说。

“也不像灰姑娘的后母……”

“也不像哈利·波特的继父！”

“而且比较像魔法师梅兰,好吧……这次算过关了。他可以再到家里来,可是你要答应我一件事……”

“什么事?”妈妈问。

茱莉用食指摸摸妈妈的鼻头,说:

“下个礼拜,你不可以带另外一个人回家。下个月或明年也不行！”

“当然不会！”妈妈高兴地说。

“还有,我不会叫他爸爸,永远,永远不会。”茱莉表情坚决地说。

“那是一定的！”妈妈回答。她快速地走向茱莉,紧紧地抱住她。

可是茱莉却转过头去,说:

“今晚不行,不可以亲我。”(因为有时候还是要让妈妈感到我们的存在,还有我们也有权利说不！)

“不让亲就算了。”妈妈说,并在她手上轻轻一吻,给她一个很美的微笑……

隔天,到了学校,茱莉神秘兮兮地来到爱丽斯面前,说:

“我运气真好……我将要有第二个爸爸。他人很好,又很帅,很有钱。而且(她小声地说)他还是个魔术师呢！”

茱莉知道爱丽斯的爸爸总是同一个,高高瘦瘦的,每个星期六都和她一起骑单车。茱莉很嫉妒爱丽斯,因为他的父母一直都很相爱。所以,今天早上她想让爱丽斯也嫉妒她一下。

“我的新爸爸会将我们的公寓变成城堡,一个充满珍贵石头的城堡。他还会把我的书包变成装满珍贵石头的盒子……而且也许不久后……(她在爱丽斯耳边悄悄地说)我将会有个小弟弟。他将会睡在我的房间里,我们会叫他小王子！”

爱丽斯傻眼了。

“你会介绍你的新爸爸给我认识吧？说呀？”

“也许……有一天吧。我生日的时候,他会来表演一场盛大的魔术。”茱莉神秘地说。

不久,整个学校都在讨论茱莉的事。大家都悄悄地说茱莉的生活里出现了魔术,还有她住在亮晶晶的城堡里……

给父母亲的话

◎ 新爸爸 ◎

由于夫妻关系的破裂(三对就有一对离婚,在巴黎,两对就有一对离婚),家庭重新组合也变得很普遍。从社会的比例来看,这已算是一种常态……可是对每个家庭来说,却是一个重大的变动。

你的生活中出现了新的男人?如果你是非常认真的,不要迟疑,尽快对孩子说明(以他们的敏感度,必定已经有所察觉了)。他或她一定会表现出他们的不安,对你提出很多问题:你还会爱我吗,即使你已经有爱的人了?那爸爸呢?你之前为什么会爱上他?为什么现在你不爱他了?这些问题都是很正常的,这只是他们害怕和不安的表现。

如果事情不像预料中那样发展顺利,也不要太快就放弃,或觉得不可能。只是因为你们还处在接纳期,对孩子来说,要适应一个新情况不是那么简单的。在和新的未婚夫一起住之前,要给小孩几个星期甚至几个月时间来适应……

相反地,不能让孩子有太多他自己的选择,或是任性霸道(因为你很容易会有罪恶感)。这是你的生活,要由你自己决定。

几个星期之后,如果新爸爸要来过夜——

如果他要搬来一起住,就更应该如此,重新规定一些生活规矩:例如,进到房间前,要先敲门等。

向伴侣表达自己的幸福和温柔是很重要的。可是对孩子也不能太过分,因为孩子们看到你们在一起,会想起他们的爸爸……

重要句子

◆"你知道吗?会再和其他人交往是很平常的事情。这不表示我们不再爱我们原有的家庭。"

◆"对于我来说,你永远都有优先权。你永远是最重要的。可是你不能介入我的私人生活:这只与我一个人有关。"

◆"你我之间,什么都不会改变。"

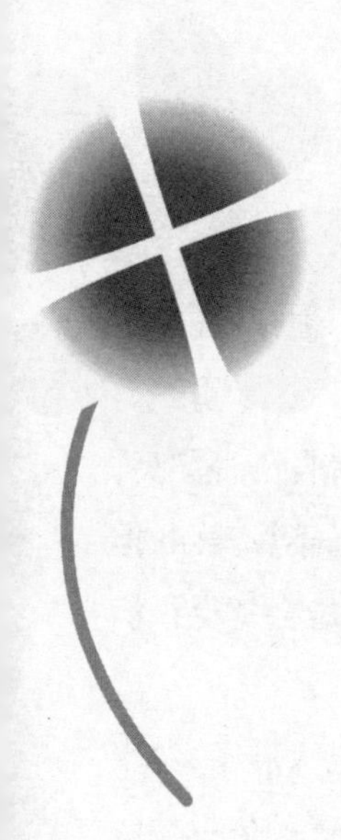

Ⅳ 身体 情结 差异性

1.镜子里的罗拉抗议了

罗拉的好朋友不叫皮耶尔，不叫阿尔邦，也不叫克雷蒙。他很安静，同时也很聒噪，很善良同时也会使坏心眼，他就是——

镜子！因为罗拉无时无刻不在照镜子。这可不是因为她觉得自己很漂亮，喔，当然不是。如果有人问她这个问题，她应该会回答，她觉得自己不算美丽，但也不丑。可是她就是喜欢在镜子前面看自己，检查自己。有时候，她会觉得很满意，有时候会皱着鼻子，对自己做鬼脸，觉得自己到处都是缺点。

镜子有时是她的好朋友，有时是她的敌人。她有时会觉得自己太胖了，穿牛仔裤时小腹和屁股都太大了。尤其是有一天，在上体操课时，高个子的尼古拉跟她说："喂，胖妹，你要减肥了。"

可是有时候，她又会觉得自己很美丽，尤其是当有人跟她说："你的眼睛很漂亮，一定会迷倒很多人。"

她是漂亮还是丑？事实上，她自己一点也不知道。她看自己的鼻子，觉得太扁了，膝盖也有点内弯。她转个身，说："我是背面比较好看呢，还是正面？"

她不会放过任何细节。她非常清楚自己最好看的是右边的侧影，及穿这件裙子或那件裤子时会比较好看，因为小腹看起来比较小，可是小腿却显得比较粗。而且她还会自言自语地说："如果我每天晚上用衣夹子来夹鼻子，鼻子会不会变得比较小呢？"

当她在镜子面前仔细审视自己的外表时，总会听见从远处传来的妈妈的声音：

"罗拉，你在干嘛？作业写完了吗？"然后是一阵叹息声，说："你不要一整天都在照镜子！"

有一天，罗拉在镜子前左照右照，微笑，抱怨，做各式各样的表情，用手把头发盘起来，另一只手夹着鼻子。突然间，一件不可思议的事发生了——

在镜子里什么都看不到了！什么都不见了！她睁大眼睛，看了看后面，摸了摸自己的手臂和肩膀，确定自己还存在……然后，突然间她听到很大的叹息声！

当她转过身时，猜猜看，她在背后看到了什么——

是镜子里的她，两手叉腰，气呼呼地看着她。

“我受够了！受够了！你听到了吗？这种情况已经持续了好几个月。几个月来，你不停地在镜子前看‘我’。”

罗拉眼睛瞪得像小碟子一样圆。

不只是惊讶，她简直吓呆了。应该怎样回答这位如此没礼貌的镜中人呢？

镜中人继续说：“你以为你是谁呀？永远都不知足……你觉得这样对吗？为了你，我可是已经尽了全力！”

“可是……这不是针对你呀。只是有时候我觉得自己……不是很……不是很符合自己的要求，就只是这样而已！”

镜中人指着她责备地说：“这是你自己认为的！你想过别人的感受吗？你从头到尾根本就不在乎别人是怎么想的！你的注视不仅把我局限住，而且还一直批评我……对你而言，我永远不够美丽！我到底是招谁惹谁了呀？”镜中人不断地抱怨，看起来非常生气。

“对不起，对不起。”罗拉小声地说。

“我本来是想要留在镜子里的，可是今天你真的是太过分了。你挑剔我已经挑剔了四十五分钟，真是气死人了。”

镜中人继续抱怨道：“女孩子就是这样。刚开始，在她们还很小时，都没有问题。她们都很有自信。然后，当她们越来越大，就开始怀疑我们了，觉得自己不够漂亮，太胖了，鼻子太扁了，有的没有的缺点一大堆！”

“这是因为……我好想……知道别人是怎么看我的。”罗拉很尴尬地说。

镜中人听到之后，突然变得很冷静，笑着说：“你永远无法知道别人是怎么看你的！你对自己太严格、太挑剔了。对其他人来说，你是个漂亮又亲切的女孩。所以不要再折磨自己了，好吗？你的眼光总是太严厉，以至于你眼中的自己都变形了。我相信你在看我时，一定觉得我有一个大肚子，一对招风耳，还有个像菜瓜一样的鼻子。可是事实根本不是这样！”

罗拉笑着摇摇头，这家伙说的也许有道理！她对自己的确是太严格了……

“听着，我现在要回镜子里去了。”镜中人小声地说。然后她指着小女孩说：“可是，在进去之前，我还有些话要对你说。你每天早上穿衣梳头的时候，可以看看我。可是不要花几个小时时间来批评我，也不要仔细地盯着我看。因为我会觉得很不好意思。”镜中人红着脸说。

吓呆了的罗拉走到客厅去。

“你还好吧？亲爱的？”

“嗯，妈妈。”罗拉心不在焉地回答。她想：“镜中人说的有道理……还有很多事情可以做，不应该把一整天时间都花在照镜子上。”

厨房里溢满了热可可的香味，是她在做梦吗？很难知道。可是，她现在知道的是她要好好品尝她的点心，再读一本好书，什么都不要想，尤其是不要再想自己的外表。

从这天开始，罗拉再也不在镜子前停留那么久了，因为她明白镜中人不是完全属于她的。当然，有时候她还是会照照镜子，尤其当她买了新裙子或新裤子时，不过都不会超过五分钟，因为她总是害怕镜中人又会气呼呼地跑出来。

罗拉觉得自己更美了，她再也不会老低着头了，她对镜中的朋友非常有信心！

有天早上，她看了一下镜子里的自己，想着：“真是这样的，当我们远远看自己时，生活会过得更轻松。”

她对镜子眨了眨眼：“不是吗？我亲爱的镜中人？”

2.火星人诺诺有太空情结

在火星上，早上真是热闹！在上学之前，有一堆事情要做！有八个耳朵要清洁，有四对眼睛要擦干净，有十八个指甲要用肥皂洗，还有两个触角要刷干净。触角啊，触角……这是诺诺的悲剧，因为他不像正常人那样有两个触角，他有四个触角。这件事让诺诺非常痛苦，也因此有了很严重的太空情结。头上多了一对触角，为他的生活增添了更多烦恼。

在舒适的太空家庭里，时常飘着烤青蛙的香味（这是他最喜欢的一道菜）。他多么希望能待在家里，而不是到学校去面对一些人。他八只眼睛低低地看着地上，牙齿紧咬着，一脸伤心的样子。“快点，诺诺，拿着你的超音速书包，火箭在等我们了。”妈妈说。

妈妈温柔地替他围上围巾，轻声地对他说：

“别担心……是他们太蠢了！”

“他们是很蠢……可是却很强势，很坏。”诺诺心里想着。

他上了太空火箭，系好安全带，心情很沉重。单是现在就有无数的眼光向他投射过来，还有咯咯的笑声。一个人的冷笑还能忍受，可是当有上百个冷笑结合起来时，耳膜都快要爆炸了（尤其是当你有八个耳膜时）。诺诺觉得他的触角都卷起来了，肩膀下垂，耳朵里嗡嗡地响着。他不知道那三十六根手指该放在哪里。在地球上，如果尴尬的时候，可以把手藏在背后。可是在火星上，有八只手呢！

诺诺被这些触角深深地困扰着，他只想着它！当有人叫他到黑板前，当有人要求他说出声音的速度时，诺诺什么都忘了。他只想着那些触角，他从未希望拥有它们，可是他一出生时就拥有它们了。总之，诺诺有太空情结，或者说是银河系间的，全宇宙的情结。当然了，别人也感觉到他的心情。我们越是有太空情结，别人就越能感觉到，而他们会因此嘲笑你。

“我不但要忍受自己和别人不同，而且还要忍受大家对我不好。真是太不公平了。”诺诺想。

每天,他都要面对一些最残酷的嘲笑:“喂!诺诺!这个月,漏勺在打折。你可要把握时机帮自己买一顶帽子!”“你的触角可以接收信号吗?接收宇宙广播电台?”哼!真是气死人了!真是又坏又无聊,也让诺诺觉得非常丢脸。这真是个超大的、全世界的、整个宇宙的污点。诺诺开始做噩梦。梦里到处充满了残忍的眼神,到处都是冷笑,还有动来动去的触角,哔哔声、恶心声和怪叫的声音。

然后,在太空镜子前,他想尽办法来掩饰他多出的触角:戴帽子,把触角都缠在一起——总之,他用尽了所有能让他变成一个真正的“火星人”的办法。

他自问着,有没有可能坐着火箭,消失在这个空间里,远离这些怪叫和嘲笑声。在地球上,在土星、水星或木星里,一定会有一个地方会接受别人的不同吧?

“啊!啊!我想是不太可能。在某些星球里,人们甚至会嘲笑身高和肤色不同的人。”妈妈回答。

由于找不到一个可解决的途径,诺诺缩回自己的世界里。由于无法使自己多余的触角消失,他将自己的心,折了四折、六折、八折,就像是折一张可以折上无数次的纸。他憋住气,为了不让别人听见他的动静。由于刻意憋气,他开始有窒息的痛苦。这样子活在世界上,真是太夸张了。

“这是太空性气喘吗?”诺诺的妈妈问。

“不,这是银河系之间的,心里的,全宇宙的问题。”火星医生夸张地说。这其实意味着诺诺的情结是没有终点,无止境的。

诺诺觉得自己像被关在太空监牢里,但不是

被栏杆关着,而是被他那一对多余的触角关着。为了向全世界表示他把自己关在了宇宙的“忧郁”里,他每天都躺在自己小小的床上。当小火星人们发现诺诺不在时,他们都觉得很惊讶,也很伤心。因为,事实上,大家都很喜欢诺诺的样子。

“是吗?你们都很喜欢他?以我的触角发誓,我真的一点都不觉得是这样。现在诺诺的心情应该像石头一样沉重,因为你们对他那么不好。”老师严肃地说。

所有的小孩都很吃惊。因为在火星里,大家都不懂得去感受他人敏感的心理问题,所以常常无意间伤害了别人而不自知。

“当然呀,我们当然很喜欢诺诺呀!我们只是想开开玩笑而已……”

“这些笑声会伤诺诺的心。”老师回答。

这些小火星人于是决定去探望诺诺,到那个被忧伤占据的家庭去看他。诺诺就在他的床上,看见他的敌人来到他面前,赶紧把头埋在枕头底下。你可以相信我说的话,这些小火星人的触角都垂得低低的。

“你知道的,诺诺,我们只是想开开玩笑而已。”

“我们真的不知道会这样。”另一个摇晃着八个手臂,高傲地说。

诺诺用八个手肘把自己撑起,眼睛发亮,不敢相信自己的耳朵。他的两颊有着玫瑰般的红晕。真是非常红,再配上绿色的皮肤,就像是粉红栗子。

“你知道吗,诺诺,我也和其他人不一样。夜晚时,我会在家里走来走去,走好几个小时,还会发出哔哔的声音,谁都无法阻止我。”露露承认。

“我也是,我也和别人不一样,我少了一个大拇指,我生出来时就这样了。”秋秋小声地说,同时脱掉那一闪一闪的太空球鞋。

希希用他小小的假声说:

“我还没对你们说过,有时,晚上的时候,我还会尿床。”

“其实,我们每个人都不一样。并不因为我们都有绿色的皮肤,都在火星出生,所以就有同一个模子。”玛努下了个结论,他总是一副小哲学家的样子。

然后,他们齐声说:

“这是当然的……每个人都有不完美的地方!”

听到他的同伴们这么说,诺诺终于松了一口气。

事实上,他和别人一样,因为每个人都不同!在整个世界,整个银河系里,从来没有两个一模一样的人。没有一样颜色的头发,一样颜色的皮肤,甚至没有一样数量的触角。从这天开始,诺诺和他的四个触角,过得非常幸福。而当他觉得听到冷笑或嘲笑声时，他会响应说:“那你家呢……你确定没有什么奇怪的地方？没有和别人不一样的东西吗？”

相关阅读

给父母亲的话:《情结和相异性》(P101)。

给小朋友说故事:《镜子里的罗拉抗议了》(P88)。

3. 不想成为世界上最美丽的女人的小仙女

很久很久以前，有一位和其他仙女一样的小仙女依莎，也就是说她没有比其他仙女更美或更丑。这位小仙女有一个伟大的梦想。总归一句话，她把自己当成一位公主！把自己当成公主的仙女通常都过得很痛苦，因为在她们的眼里什么都不够完美，尤其是她们自己！

在一个“很丑”的一天，这一天在小仙女看来什么都很丑，她仔细地看着镜中的自己。她用食指和大拇指掐着身上多余的肥肉，想着：“要减三千克，我的老朋友。”接着，是一项一项的缺点，她仔细地看着自己的鼻子，觉得很像蒜头鼻，牙齿因为吸奶嘴的关系，有点歪歪斜斜的，屁股也有点大。她装出一种很沙哑的声音，好像是对某个人说：

“小女孩，你长这样就想迷惑王子吗？”

于是，她决定给自己整型。为了这件事，她到仙女图书馆里借了一本手册，叫做《世界最美丽的女人——如何成为她，如何保持，如何选择你的类型》。

她立刻翻到《最美的范例》这一章。

“灰姑娘：非常受欢迎的典型。高挑纤细，金头发，小鼻子，另外，还有一件美丽的晚礼服。”

“白雪公主：一头美丽的棕色头发，瓷器般的肤色，苗条的身材，一双大大的眼睛，红红的嘴唇。禁止吃苹果。”

“芭比娃娃：细腰，牙齿整齐，蓝色的眼睛，浓密的长发。销售第一的商品。完美的身材。每三秒钟就卖出一个芭比。”

依莎想：“每个人都喜欢的娃娃，这正是我想要的。我将变成最美的女人。”

她拿起魔法棒，“咻”的一声，在鼻子上点了一下，马上就变得非常小巧可爱。咻！在肚子上点一下，肚子马上变得非常平坦。咻！在腿上点一下，然后，在头发上点一下，头发长得都快碰到地上了。咻！在脸上点一下，脸上多了一个固定的微笑，还有又白又整齐的牙齿，好像从来都没咬过奶嘴。小仙女在镜子前高兴得跳起舞来。

“完美……真是太完美了！现在，什么都不要动，只要等迷人的王子到来就好了。”

然后她就一直待在仙女的家里，再也不出门了。

“谁也不知道会发生什么事，如果法术被解除了……”她想。

不久之后，有一位英俊的王子到这个地方来寻找美丽的公主，就像所有童话故事里说的一样。当然，因为世界是很小的，他当然会停留在小仙女的门前。

“太好了，他一定会马上爱上我。”小仙女想着。可是迷人的王子并没有马上爱上她，反而皱起眉头说：

“唉呀，看看您……我一定在哪见过您了……啊，对了！我想起来了！您是芭比娃娃，有上百万种的样品。到处都可以看到您呢：所有的杂志、商店里都有。好了，我要走了，再见，芭比。我还有公主要找，而不是塑料娃娃。”

太震惊了！依莎的眼里充满了泪水，但她依然保持着芭比娃娃的笑容。她心里想着:“这王子真是没礼貌的家伙!我忍受了那么多痛苦才变成世上最美的女人!他竟然这么说我!”小仙女非常生气,她再次来到镜子前照镜子……突然之间,她非常想念自己以前的样子:小小的翘鼻子,大大的杏眼,她的嘴巴,还有那一排不整齐的牙齿,因为她小时候含了太久奶嘴(不像芭比娃娃,看她那一排完美整齐的牙齿就知道她小时候一定没有吸过大拇指或含过奶嘴)。

她再次拿起她的魔法棒,把魔法一个个都解除了。“咻”的一声,鼻子变回了以前的蒜头鼻。咻!肚子圆起来了,屁股也在裙子底下鼓了起来。然后,咻!牙齿变回到以前的样子,也就是一点都不整齐。芭比的特征,她只留下那一头及地的长发,因为对仙女来说,一头长发是她们梦寐以求的。可是她还是非常生气,千万不要惹火了辛苦用功的仙女,她拿起魔法棒,把迷人的王子变成了塑料娃娃的男模特儿,给他变出了强壮的手臂,还有一脸的傻笑。小仙女回到家里,一面哼着歌,一面做着她自己的事情。

过了几天,又有一位王子经过,停在她家门口,他被小仙女的歌声迷住了,他看着小仙女想,这位小仙女真的是和其他仙女不同。而且,她的蒜头鼻,还有一点歪斜的牙齿,以及机灵的头脑,真的好可爱。可以想象,这位小王子陷入爱河了。他邀请小仙女坐上他那匹摇摇晃晃的马。小仙女拿出她的魔法棒,把他那匹又老又瘦的马变成了一头雄赳赳的战马。

“这样一路上就会比较顺利。”

然后两个人都开心地笑了。之后,他们结了婚,有了很多蒜头鼻和牙齿不整齐的小孩。

给父母亲的话

◎ 对父母来说,差异性是个优点 ◎

在青春期前年纪的孩子,总是希望能更漂亮,他们会模仿一些明星,像小甜甜布兰妮、麦当娜等。从十一二岁开始,小女孩会开始喜欢跟随流行风潮:这是一种把自己的身体藏在各种品牌、颜色或相似的装扮底下的方式……做所有让她们和别人看起来一样的事情。进入青春期前身体的变化有时会令孩子们难以接受。

他们难以接受鼻子、耳朵奇怪的形状,还有有点圆的肚子……一点和别人不一样的地方都会让他们产生一种情结。

然而,我们大人确切地知道人与人之间的这些差异性,先不说这些差异性很迷人,事实上它们都是一种趣味及优点……就像某位幼儿园老师说的:“如果所有的花都是同一种颜色,你们可以想象世界将有多悲哀!”

相关阅读

有关接受本身的差异性:《并不笨的小猴子波波》(P99)。

有关情结方面:《火星人诺诺有太空情结》(P91)。

有关流行的魅力:《非常爱漂亮的火星女孩》(P201)。

4.并不笨的小猴子波波

狒狒是一种大型的猴子，非常顽皮，有一张看起来很聪明的脸，一双闪闪发亮的眼睛。而且，由于常常说狒狒像猴子一样精明，他们自觉是天赋异秉的工程师。所有的狒狒都如此，除了波波。波波比别的猴子小，他总是低着头走路，在猴子学校里，也没什么优异的表现。可能是因为他总是心不在焉吧！在他的梦里，总是出现一些不怀好意地看着他，嘲笑他的脸及鬼脸。

大家常常嘲笑他，因为他连一些简单的问题都不会回答。比如，"在森林里，最快的移动方式是什么？"或者："两根香蕉加两根香蕉是多少根香蕉？"

事实上是，听到大家一直说他笨，什么都不知道，波波就真的变成什么都不会的猴子了。而且，这也是常有的情况。他在别人的眼中读到他们对他的看法："笨，你真是笨！让我们看看你有多笨！"然后，他就乖乖地听话，变得很笨。如果他能在这些猴子的眼中看到一点点赞赏的眼神，如果可以感觉到他们说："啊！你看起来很厉害！"那他就可能从这样的眼神中，恢复对自己的自信。那么一切就会不一样。

这就是波波脑子里想的事：当有人问他问题时，波波会在别人的眼里看见嘲笑，讥讽，还有自己出丑的样子。这一切将他完全淹没，从头到脚，像洗冷水澡一样。

而在他心里，会有一股紧张的情绪从心底升起，接着是一阵颤抖。然后，不知从哪里传来的刺耳的声音，在他耳朵里大叫："你真笨！你什么都不知道！你真笨！你什么都不知道！"就这样，一切都变得模糊不清，然后他就像踩了个大空，从椰子树上跌下来一样。

当他好不容易振作起来时，在提问题老师的注视下，他又低下了头，尾巴垂垂的，一言不发。在他沉默不语时，就会听见所有狒狒的大笑声："哈哈哈！呜哇哈哈！"疯狂、刺耳、尖锐的狂笑将要刺穿他的耳膜和他的心。

波波攀上树藤，逃跑了。他的避难所是沼泽里最老的一棵香蕉树的最高处。

据说这棵香蕉树至少已有一百一十岁。他这么老,这么干,以至于再也长不出一根香蕉了。连叶子也都是黄黄的,破损的,还会像莎草纸一样发出劈啪的响声。没有人会对这棵老香蕉树感兴趣,除了波波。也因为这样,每当老香蕉树听见波波来了,他都会骄傲地挺起枝干。因为老香蕉树知道小猴子的秘密。

波波爬到老香蕉树的顶端,这里有他的水彩笔、颜料、香蕉叶,这里是他自己画画的小天地。波波一直画着,画着。因为波波发现画画可以使耳朵里刺耳的笑声消失:“你不行的!你很笨!你非常笨!”当他在画画时,就什么都听不到了,只剩下老香蕉树赞美的声音,和风吹在黄黄的香蕉叶上传出的沙沙声,就像在低声地赞叹:“好美呀,真是太美了!”很美,但却很悲伤。他的画叫做“生气的一天”、“台风——破坏者”、“荆棘丛林里的垃圾”、“沼泽里的忧伤”、“虱子的繁殖”、“烂香蕉理论”。

所有的画,在画出来之前,都已经存在波波的脑子里了。而当他开始画时,他非常清楚要从哪里下笔,画到什么程度要收笔。毫无疑问,这是一些伟大艺术家所需要的特质!当波波在作画时,他觉得呼吸顺畅,胸口是敞开的。就好像他能体会到世界的悲哀,及老香蕉树的衰老!当他在画小鸟飞翔的翅膀时,他就感觉自己在像小鸟一样飞翔。这感觉是多么好呀,感觉自己在大自然中消失了!可当他下来后,那些聪明猴子们刺耳的笑声又再一次撕裂他的耳膜。只有两秒钟,他又变回了“大傻瓜”。

当然,波波从来不敢把他的画给别人看。波波想,他们一定会更加嘲笑他、讽刺他的,如果是这样,一定会更加丢脸。

有一天,就像季节变换常有的情况一样,起风了。风像猴子一样狡猾,开始在老香蕉树中吹了起来,把波波的画一一吹了下来。

波波当时正在学校被别人嘲笑着，看到他的画从老香蕉树上一张张地掉下来——“烂香蕉的悲伤”，“沼泽里的忧伤”……波波觉得自己快死掉了，丢脸至死。他闭起眼睛，等着别人的嘲笑。可是什么也没有听到。当他张开眼睛时，一个不可思议的景象呈现在他眼前：所有的猴子都翘着尾巴，看着他的画，一言不发。可是在他们的眼里，有着悲伤、愤怒和叹息。所有波波画中的感情都浮现在狒狒的眼里。

“这些都是你画的吗？”老师摇摇头问道。

“是。”波波回答。他再次觉得呼吸得很有力。（因为他觉得非常骄傲，从这一天起，他决定把这份骄傲留给自己。）

波波觉得非常幸福，立刻爬到老香蕉树上画画，他画了“灵感”、“幸福的一天”和“新鲜香蕉的味道”。

他的画比以前更美了！当然这是因为别人让他明白了这个事实。而且他在别人眼中看到这份美好，就像夏天洗了个温水澡……“越是受到别人的肯定，就越是能成功”，波波这样想着，他已不再是个大傻瓜。

现在，波波已经变成沼泽里最有成就的小猴子。有人跟他约时间画肖像画，还有人从很远很远的地方来跟他学画画。波波从来不会嘲笑别人，因为他非常清楚每个小猴子都有自己的优点。有些在学校里有好成绩，有些是足球好手，有些很会攀树藤，有些则是卖香蕉的高手。

最值得骄傲的就是那棵老香蕉树。每个人都跟他赌气，因为他再也不会长出一根香蕉。可是他现在却孕育出世上最美的珍宝！“你们看，我这么老了，你们都以为我没有用……跟波波有点像。可是在我身上，还是有其他的珍宝……”

给父母亲的话

◎ 情结和相异性 ◎

证 明

小孩是不会体贴别人的！在课余时间，和别人不一样的小孩很容易被嘲笑

到哭。比较小，比较胖，有点招风耳，或讲话不顺畅……当心了！一点点的不同都会成为目标。

在这个要求一致的社会，甚至连姓名也可能成为被嘲笑的对象。

为什么这么残忍？

心理学家的解释：活在受成人控制的世界里，由成人来设定他们需要遵守的法律、规范，小孩们会觉得自己非常脆弱。所以当他遇到比他还瘦小脆弱的同伴，他就想要显示自己的权威。这是一种让自己放心的方式，他自己会觉得："其实我运气也不错。我是很强的。"这样就能很清楚明白代罪羔羊模式的运转。

至于父母亲，生存在一个竞争力强的公司或团体，他们会想："我要我的小孩拥有所有的成功所需要的优势条件！"这也是为什么他们无法忍受一些特别的情况。为了让孩子符合社会的期待：数学能力强，动作快速等，但他们却忽略了开发孩子内在的潜能。最糟糕的儿童心理情结是有关学习上的障碍和学校成绩不好方面的。

智力发育不全的孩子很清楚自己的问题，可是他的父母会完全否定这种情况，因为他们非常希望孩子能成功，所以会刻意忽略这个事实。

应该做的事

与其一味追随符合社会一致要求的模式，还不如注重小孩本身的特质。

朵乐多(Dolto)说："每个小孩都有他的专长。"如果他在学校的表现不理想，那说明他可能还有未被开发的能力，像小提琴、制作模型、组织模型等。最好是能完全鼓励小孩能力强的方面，以加强他对自己的自信心。

面对这些情结和相异性，最坏的方式就是选择逃避的鸵鸟心态。要毫不犹豫地和他们讨论这件事。孩子们在青少年时期前，从来不会主动和父母讨论他们的情结。因为他们怕父母会伤心。

如何跟他们讨论

采用一种科学的方式。

跟孩子这样说是没有用的："你看着吧，有一天你会长大的，到时候你会比我们还高。"或者："当然没有，你没有招风耳，可是，无论如何，我喜欢你的样子。"这只会让他们陷入迷惘和不安之中。

如果小孩子为自己个头矮而苦恼，试着这样说："我们去看小儿科医生，他会告诉我们，你的骨骼还会不会再长大……"以同样的方式去谈论招风耳的问题。否认是没有用的，就算这样说也于事无补："当然没有，你没有招风耳，可是，无论如何，我喜欢你的样子。"如果我们觉得他有点受情结的困扰，最好和他讨论可能的解决方式。这样的对话才会使他们安心，解除他们的烦恼。

要让他们明白他们和别人不一样的地方是一种优点，而不是缺点！有双重文化的孩子（移民者或领养的小孩）会比其他小孩强，因为他们知道越南、摩洛哥或突尼西亚在哪里。当别人嘲笑他时，他可以回答："这是真的，我不是在这里出生的。可是你，你知道越南在哪吗？"

重要句子

◆"你看哈利·波特，他也是很瘦小呀。可是他把弱点转变成了一股力量！他是有史以来最伟大的魔法师。"

相关阅读

给小朋友说故事：《火星人诺诺有太空情结》（P91）。
《不不的小故事》（P50）。
《不想成为世界上最美丽的女人的小仙女》（P95）。

V

其他：

同侪 爱情 社会

1.罗拉和蕾娜吵架

罗拉是一只灰色的老鼠，头上绑着粉红色的蝴蝶结，而蕾娜是一只粉红色的老鼠，头上绑着灰色的蝴蝶结。在新生报到的那一天，她们两人在学校的走廊相遇，两个人注视着对方和对方的蝴蝶结，相视而笑，露出她们那小小尖尖的牙齿。

“我叫罗拉。”

“我是蕾娜。”

“你不觉得我们两个很像吗？”罗拉说。她一直幻想着有一个双胞胎的姐妹。

“我不知道，不过我们可以做朋友。”蕾娜回答。

就这样她们之间的友谊开始了。

她们两个人坐在一起，就再也离不开了。她们彼此有说不完的故事，当有老鼠想追求她们时，她们俩更是有讲不完的悄悄话。她们还会互相交换蝴蝶结：粉红色、灰色；灰色、粉红色。

“这样我们就像是姐妹一样。”罗拉笑着说，两眼发亮。有个好朋友是多么温馨的事呀！

两个人在一起时，她们觉得更有力量，她们会团结一致地去面对一些压力，还有老生的嘲笑。老生们彼此都已经很熟悉了，不像她们俩是新生。两个人在一起时很少会有迷失的感觉……

两个人在一起时，什么事都变得很有趣。就连她们两人最讨厌的体操课也变得微不足道了，而是显得轻松自在！

当她们从老鼠学校下课后，罗拉会陪蕾娜回家，然后蕾娜再陪罗拉回家……就这样送来送去一直到天黑为止。

有一天，蕾娜发现有一个一年级的老鼠一直温柔地注视着她。

“你看，我想我有了一位爱慕者！”蕾娜用她那粉红色的小手捂着嘴巴说。

“他看起来真可笑！他还对你翻白眼，就一只幼鼠来说，真是太过分了！”箩拉笑着说。

可是这时蕾娜却止住了笑容,眼神变得很冷淡,她抿着嘴,对罗拉说:

“你是在嫉妒我,你就是这样的人。”

罗拉觉得心都结冰了。这是她们两个第一次意见不合,也是蕾娜第一次用这种陌生冷淡的口气和她说话。

这天下午放学后,她们俩谁也没有陪谁回家。一直到天黑,罗拉都待在电视机前吃巧克力。可是在她心里的那块冰一点也没有融化。

隔天,罗拉想跟蕾娜道歉。她在走廊里小步快走地来到蕾娜面前,可是蕾娜却转过头去,从另一边离开了。罗拉越是靠近,蕾娜离得越远。最后罗拉连送她礼物都不可能:干酪土司、起司饼干、奶酪松饼。蕾娜一点都不接受。罗拉写信给她,送给她新的粉红色蝴蝶结。可是蕾娜只是皱皱鼻子,把头转开。第五天,当罗拉走进学校时,看见蕾娜正和爱吵架的莉莉两个人开心地笑着。她的心里很不舒服:她记起从前,罗拉和蕾娜还在暗地里嘲笑爱吵架的莉莉。这下好了,她们之间都结束了。她的双手冰冷,心都结冻了。就连学校里的树都变黑了,一副不友善的样子。罗拉沮丧地回到家里。妈妈说：

“不要让她觉得你很重视她，你越想靠近她，她就越疏远你。我和以前的男朋友也发生过这样的情况。我越是说爱他，他就越不在乎我。和好朋友之间的感情，也有点类似。”

“这样很愚蠢，我不能跟她说我很喜欢她吗？”罗拉很生气，大声地说。

“你不应该把自己当成她的奴隶。你应该尽量保持愉快的心情，不要再想这件事，慢慢地一切都会变好的。”

然后，罗拉整个人都变得无精打采。她的胡须和蝴蝶结都有气无力地垂着。在学校，她更是觉得无聊得不行，尤其是看到蕾娜和莉莉很开心的样子，她觉得自己好像不存在一样，她眼里就只有蕾娜。最糟的是，在体操课时，她觉得自己很孤单，很脆弱，她开始头晕。在鞍马面前，她觉得自己一定会摔成碎片。

有一天，老师正在教怎样从小猫面前快速逃脱的技巧，罗拉看到一双一直在注意她的眼睛。这是小胖，卡洛林，一只有着圆圆屁股的小老鼠。班上同学也常因此嘲笑她。

“我看这一点都不容易。我也不喜欢体操课。”她把她那胖嘟嘟又温热的手放在罗拉冰冷的手上，在她新朋友的耳朵旁轻声地说。

“对我来说，是个噩梦。”罗拉笑着说。

她们的友谊就这样开始了。学校的树又长出了新的叶子，天气又再一次变得温暖宜人了。

过了几天之后，蕾娜在教室外面等着罗拉。

“你要回家吗？”

然后她握住罗拉的手，说：

“你知道吗，我是挺喜欢莉莉的，可是你才是我最好的朋友。”

罗拉觉得自己好像受到一股热浪侵袭，眼睛一阵刺刺的感觉。蕾娜是她最在乎的人，而她自己也不知道为什么。

可是她还是尽量让自己冷静下来，她又想起妈妈说过的话：“不要让她觉得你很喜欢她。”

“等一下，我要跟你介绍我的新朋友，卡洛林。”罗拉说。

“你好，卡洛林。”蕾娜看着小胖卡洛林说。

“你们要来我家吗？我有很好吃的干酪土司请你们吃。”小胖卡洛林说。

于是，三只小老鼠手牵着手离开了。罗拉想：“蕾娜永远是我最好的朋友，我也不知道为什么。可是我知道有时候我们吵架，甚至不说话都是很正常的。所以没有必要因此而小题大做。”

给父母亲的话

◎ 儿童之间的友情 ◎

从六岁起，从进入小学的那一天，小孩子就进入了开始交朋友的阶段。在父母和兄弟姐妹的围绕之后，小孩开始要向外发展：这是社会化很重要的阶段。他们的友谊在我们看来会显得很夸张。尤其是当同侪里有崇拜的对象时（比如对孩子王、成绩最优异的同学或踢足球高手的崇拜）。

到了八九岁时，友情变成很严肃的事情……所以更稀少，更专一！这个时期，孩童不会再成群结伴地拥有一堆朋友，而是常常会有一个最好的朋友，这个朋友是他的知己，说秘密的对象。当然，在这种情况之下，很容易因为对方的原因，而觉得心情不好。因为同侪间的感情是很不稳定的，所以孩子们更是会添油加醋。在这一阶段常会说“我再也不理你了”、“你不再是我朋友”之类的话。这是为了向对方展现一点自己权威的时机……

如何反应？

如果他没有朋友……

和一般的想法相反，朋友不是那么容易就找得到的！在自由活动时间，通常会有小团体出现，而新同学是很难融入这些团体的。

必须要教导他们如何建立友谊，如何不要因此而困扰。不要太过分地保护他。他应该学着和他同年纪的小孩相处。建立他的自信心，他将会发展他自己的自尊心……这会帮助他交朋友。

他总是想邀请朋友来家里吗？这其实是好的征兆（表示他人际关系好，很融入团体生活)，但也可能是表示他害怕孤单。

可以确定的是，他不可能一直和朋友黏在一起。要有些限制，例如只能在周末的时候邀请朋友来家里过夜，不能每天都如此。

重要句子

◆“我们不能喜欢一个人到了忘了自己的地步。尽管很喜欢某个朋友，也不能成为他的奴隶，替他做所有他想做的事。”

◆“我们可以同时喜欢很多人，就像妈妈同时喜欢很多小孩一样。他的朋友也可以喜欢其他朋友……。”

◆“不能一直都和朋友黏在一起。要有和父母在一起的时间，和其他朋友相处之外，也要有自己独处的时候。”

2. 巨人毕毕在找朋友

有一天，小巨人毕毕发现自己长大了。他大大的手臂、大大的手和大大的脚正困扰着他。房子变得太小了，他的脚都超过了那张小小的床，连妈妈都变得太小了！

“我觉得自己好像被关在一个迷你监狱里。”毕毕一面看着巨大的拼图，一面想着。他之前是多么喜欢那高达三公尺的象棋、模型恐龙，收集很多巨人花园卡，还有一些儿歌书籍，巨人妈妈常常会用沙哑的声音哼歌给他听：

“大野兽爬上来了，爬上来了，爬上来了……”

“水上的大客轮，在大河上，在大河上”，还有其他的儿歌。

“等到你会认字了，你会发现这些有多有趣。”妈妈说，她正沉醉在长达三万五千页的小说里。“不过你现在最需要的是朋友。”

“朋友？这是什么东西？”

妈妈想了想说：“一个你会想和他一起玩，常常想看到他，一起玩时会觉得时间过得很快的人。”

她又想了想说：“我们和真正的朋友在一起时会感受到一些特别的气氛。就是一种轻松的气氛，充满欢笑，彼此有聊不完的事情。”

她开始回想从前。

“就好比我自己一样，跟我最好，最好的朋友，蕊特丽……”

对交朋友这件事感到吃惊不已的毕毕走到森林里，他的爸爸正在砍一些廉价的杉木来发泄情绪。他们两个坐在千年橡树的树干上开始聊天。

“要找到好朋友是需要花时间的。有时候，你越想找，就越找不到。而且(爸爸站起来，一副沉浸在另一个世界里的样子)，我呀，当我遇见我的好朋友阿瑟时……”

毕毕只好让他继续沉浸在回忆里。

毕毕跑去找他的爷爷。爷爷正在看他最喜欢的报纸《最新、最血腥的新闻》。

“爷爷,什么是朋友呀?”毕毕问。

爷爷从报纸上抬起眼睛,说:

“当你有好朋友时,你不会有想咬他的欲望,他也不会想要吃掉你。”爷爷一副嘴馋的样子,然后是一阵深深的叹息。

“我以前也有一位好朋友,是一只金丝雀。可是有一天我却觉得他比平常要丰润。唉呀呀,我真想念这只金丝雀啊。”

因为太渴望有朋友了,毕毕不打扰胡子垂垂的爷爷回忆这段伤心的往事了。他离开了温暖的家,离开了温暖小巧的巨人宝宝房间,出门去找朋友。无疑,这一路上一定有很多人抢着要和他做朋友。

在路上,他遇见一只小鼹鼠,艾蜜丽。小鼹鼠从她的洞里出来,准备到市场去。毕毕尽量让自己看起来比较娇小。

“你好,我六岁,我在找朋友。”毕毕说。

小鼹鼠调整了一下眼镜,笑着说:

“你当我是白痴吗？我知道你是个巨人。五分钟之内，你就会把我吃了。你们巨人什么都吃，尤其是肥肥嫩嫩的哺乳类动物。老实说，我是不会上当的。再见。”

毕毕这时想起了爷爷跟他说过的话，就离开了。

走了几百米后，他遇到了一位严肃的小男孩，正在玩电子象棋。毕毕的心都快跳出来了。这一次是真的：他找到他的好朋友了！

“你好，我想和你交朋友，我也会玩象棋。”毕毕说。

小男孩叹了一口气说：

“可是，我比较喜欢和计算机玩象棋。因为我已经很厉害了，当然，一定比你厉害多了。不过我还是可以跟你到处逛逛，因为这是我第一次遇到巨人。”

他关掉他的口袋型计算机，和毕毕离开了。奇怪的是，气氛闷得很，他们也没有什么事好对对方说，而毕毕绞尽脑汁想找出一些话题。小男孩重重地叹了一口气。

“天气很闷，是吗？”毕毕说。

他想到妈妈对他说的话：好朋友是一个我们会想和他一起度过一整天的人。所以，他知道他们无法成为好朋友。当散步结束分手后，他们两个都觉得松了一口气。

毕毕继续走了好长一段时间。突然，他看见一群和他一样的巨人在打篮球。

“哇！这下好了！有一堆朋友在这里！”他心想。

然后，他就站在场地中央，等着别人叫他过去。可是没有人邀请他一起玩。他心想，像他这样的巨人，怎么会没有人注意到他。所以他只好把大大的手摆在嘴巴两旁，大声地喊：

“我能跟你们一起玩吗？我想和你们做朋友！”

“我们不是在这里做善事的。等我们需要你的时候再叫你。”队长回答说。

这时，毕毕想起爸爸说的话，你越是想要找，就越找不到。于是，他离开了。

他走了不久，遇到一只粉红色的老鼠。这次，二话不说，他就把小老鼠吃掉了，因为他又生气又伤心。

“这样找朋友是没有用的。爸爸说得对，好朋友是很难找到的，太难了。”他想。

他吸了吸鼻子，就放声大哭了起来，尤其是当他想到他那小巧温暖的房间，还有那些儿歌时，例如："大野兽爬上来了，爬上来了。"还有妈妈那双巨大的手。这些回忆，使他的眼泪像水龙头里的水一样哗哗地流了下来，在地上形成一个水洼。

"你怎么了？"有一个小小的声音问他，"我不知道巨人也会哭。"毕毕抬起眼睛，看见一位扎着辫子的小女孩，正在水洼上跳来跳去地玩。

"我有一点感冒，因为春天的关系。"毕毕回答说。

"我不知道巨人也会感冒。你想一个人独处，还是会我们一起去散散步？"小女孩问。

"我比较想去散步。其实更想玩。你会玩象棋吗？还是会唱儿歌？或者你喜欢收集巨人花园卡？或者是模型？"

小女孩摇着她那小小的头，说："没有，我只知道花和园艺的事情。"

毕毕叹了一口气，说：

"这样就行不通了。对于花，我一点都不懂。"

"没关系呀！我们可以一起散步，我可以边走边讲给你听。"小女孩说。

他们开始走了。气氛非常的轻松，充满了笑声，而且他们有好多好多事情可以说！

"真是奇怪，我们居然这么合得来。而且，说真的，我们一点也不像。你不是巨人，也不是个小男孩。你不喜欢象棋。而且我肯定你一定六岁都不到。"毕毕说。

"才不是呢！我已经七岁半了。我讨厌象棋，它会让我全身都不舒服。"小女孩说。两个人都笑了起来。这时，毕毕又想起爸爸说的话：有时候，你越是找，就越找不到。而他并没有特别去找这个小女孩。

他又想到他的爷爷说："千万不要有想吃掉他的欲望。"他一点也不想吃掉这位扎着辫子的小女孩。一点都不想！他想到在厚厚的小说后面的巨人妈妈对他说的话："一个你想和他一起玩，而且一直想见到他的人。"

毕毕脸上洋溢着微笑。

"这下好了，我终于找到我的好朋友了。而有趣的是，她还是个小女孩。"

给父母亲的话

◎ 交朋友不是件容易的事 ◎

我们常常会觉得小孩子很容易交朋友！所以，当要搬家时，我们都会对他们说："不要担心……你很快就会有新朋友的。"可是，其实并不是那么容易的……

要做的事……及不要做的事

避免变成什么都要管的妈妈：想要掌控一切，挑选小孩的朋友，还想见见对方的家长等。对小孩而言，这都是一些限制。还是让他们过自己的生活吧！

不要以这种方式来介入小孩们的事："你应该和小杜鹏做朋友，他的妈妈人很好。"——这是不行的。如果他比较喜欢扎辫子的小女孩，或小杜鹏的话，就随他去吧。我们不应该介入这些事情。

在学校以外，增加他和他人接触的机会，例如上柔道课等。

没有朋友也许是一种征兆——他是否缺少自信心？这时，一定要避免因为不忍心而过度保护他，例如产生这样的想法："我可怜的孩子……你还没有交到好朋友。生活是很辛苦的……"这只会强调失败者的角色——这也是此时他内心对自己的感觉。

在家里举办一个小聚会，或者去打保龄球。问他想邀请谁来参加。

常和他的老师沟通他是否有其他的小孩做朋友。

最后一点，千万不要过度紧张：即使是小孩子，经历一段孤独的时期并不是什么不幸的事情。这段孤独的时期反而会使人成长，会使他变得更加成熟……

重要句子

◆和他谈谈自己的经验："你知道吗，我也一样，我记得在哪一年，哪一班时，过得非常孤单……"

◆“有时候，朋友会在我们完全不再有期待时出现。”

◆如果他是刚进到新学校的新生：“刚开始时，陌生人比起熟人总是让人觉得太冷淡。可是这只是一种假象。只要我们一开口和他们说话，就会发现他们没有想象中那样冷淡，而是变得亲切多了。”

3. 野兽爱情

波波是只可爱的野兽,蓝色的身体上有着绿色的条纹,还有一些触手、肉瘤、兽角及一双黄绿色的眼睛,他拥有成为一只漂亮的野兽所应具备的所有特色。他高兴地吹着口哨,两手插在口袋里。这是个美丽的一天,生活也是一样的美好。他觉得自己长得很帅。他准备去买一欧元金色粉末颗粒状的糖果,那种含在口中,还会在舌头上跳跃的糖果。

在面包店前排队的时候,他遇见了露露,这家店老板的女儿,她今年刚好十五岁。她长得真是美丽呀!皮肤上布满了小红点,像牛一样的鼻子,还有那一双突出的眼睛!

波波的耳朵不自觉地动起来,呼吸开始变得急促,触手向四面八方伸展起来。真是个大美女!他马上觉得全身上下,从脚拇趾尖一直到触手的末端,都痒了起来。他忘情到雪茄烟都掉到了地上,糖果粉没拆封就吞进嘴巴里。这糖果反而增添了爆炸的效果!

"我全身到处都酥麻麻的,痒痒的!我一定要亲亲她,抱抱她……"口齿伶俐的波波想着。

幸运的是,露露也注意到波波了。

"长得真帅呀!他有所有我喜欢的特质:手臂上蓝色的星星,那些触手,还有苹果绿的肉瘤,黄绿色的眼睛。"

你现在明白了吧,这就是所谓极度疯狂的一见钟情。后来,当波波送花给露露时,露露问他是否喜欢糖果粉更胜过喜欢她。

"才不是!我爱你远远超过喜欢糖果粉。"波波吃惊地说。他莫名其妙地被他的美女所问的问题激怒了。

接着,波波就跳到露露的身上,露露也在他的身上,两个人就融合在一起了。亲吻会遍及双方的全身,而由于大自然的自然生态,透过这些亲吻,小种子会从一个人的身体里跑到另一个人的身体里去!事实上,这是一个非常微小的种子,比萝卜或樱桃的种子都还要小。就像大头针的头那般大小,可是这里面有要生宝宝所需要的所有东西。

就这样如胶如漆,抚爱亲吻地过了几个月,露露的肚子里怀了一只小野兽。(这也让她觉得全身痒痒的,可是有些不一样,可以告诉你,这是因为小野兽会在妈妈的肚子里动来动去。)

露露和波波比以前更幸福了,无比地幸福。波波一面乱蹦乱跳地跳舞,一面大喊:“我们快要有个爱的结晶了!一只小野兽!”

露露则是温柔地抚摸着她的肚子。

当小种子长得够大时,小野兽出生了,我们叫他波露。这是一只有条纹的、很可爱的小野兽。黄绿色突出的眼睛里有蓝色的星星,身上有红色的小圆点,可以说是父母亲特色的结合体。这也是很正常的,因为他是他们身体结合所产生的结果。

“为了纪念你最爱的糖果,还有我们相遇的那天,我们要叫他糖糖。”露露温柔地说。

“这是我们爱的结晶。我会非常非常地爱他。”波波说。

当然,这是另一种不同的爱,一种非常温柔细致的爱,和大人之间的亲吻抚爱不同。一边是夫妻之间亲密的爱,一边是对孩子的爱;一边是存在于大人之间的爱，一边则是给整个家庭的爱。所以很明显，这两种爱是非常不一样的。这一点，你可以相信我。

给父母亲的话

◎性◎

宝宝是怎么来的

“爸爸，妈妈，宝宝是怎么来的？”

通常，在三至四岁时——在小宝宝转变成小男孩或小女孩时——会开始对性产生好奇。这和他们想知道自己是怎么来的有关。

第一件要注意的事：千万不要有鸵鸟心态。尽管时机不对（在晚上九点十五分，我们都累得要死，只想要赶快去睡觉），最好还是要解释一点点给他们听，并说明隔天会再和他们解释。如果你们故意岔开话题，他们会感觉到你们的尴尬，这样会使他们觉得性就等于禁忌。

从四到五岁开始，如果他们从来不提这类的问题，也并不表示他们对这些事不感兴趣。遇到这种情况时，最好还是要利用机会（有邻居怀孕，拜访生产后的朋友，或者在电视上有情侣接吻的镜头），主动和他们讨论这些事。

一些障碍

要避免：

——以童话故事的方式来讲：高丽菜、玫瑰及送子鸟，或者是亲亲嘴，牵牵手这种避重就轻的解释，这只能敷衍一段时间。一定要让他们明白不是只有拥抱亲吻就会怀孕。

——以解剖学的方式，以机械僵硬的方式来解释：“有个东西进入另一个东西里”，丝毫不带一丝情感。

——叙述自己或你和伴侣的经验。这不是向他吹嘘自己的性经验（就算他已经八到九岁了)。

最好是:

——以清楚明了的方式,并以将性与爱的情感联结在一起的方式来解释。

——爸爸解释给儿子听,妈妈解释给女儿听:可是如果你们两人之间有一个觉得非常尴尬,最好也要直接诚实地说:“去问你爸爸,我不好意思回答这个问题。”这样一定比在孩子面前不知所措要好。

——从八岁懂事开始,我们可以开始跟他说,做爱不是一定为了要有小孩。因为在大人之间,互相爱抚是一件很舒服的事等。

重要句子

◆“爱包括小孩子之间的爱,和大人之间的爱情。”

◆“恋爱有很多方式。当我们还小时,只会亲亲嘴,牵牵手。当然,也不能做爱或生小孩。”

◆“再长大一点(大概十三、十四岁左右),身体会发生很大的变化。那个时候,我们开始会有像大人一样的欲望。”

1. 艾丽斯是多情的蚂蚁

蚂蚁窝有点像是军事学校：走路要走直线，保持运动的状态，抬头挺胸，步伐坚定有力，又不能太招惹他人的目光。

在千年橡树底下，428号蚂蚁窝，422号巷道，5号路，有一只叫艾丽斯的小蚂蚁显得心神不宁。因为几天前，她在路上和另一只蚂蚁四目交接，这只蚂蚁像军人一样帅，有一种会令人窒息的笑容和厚厚的胸膛。她被迷得神魂颠倒，手上的麦子都掉在了地上，又从反方向离开。她的同伴都惊讶地看着她，怎么会往反方向走呢？

从这天开始，艾丽斯那小小的心就一直紧缩着。之后，她又遇到那只蚂蚁，他总是像军人一样，那么迷人、那么强壮。她对他频频傻笑，不断地眨眼，就像是恋爱中的蚂蚁一样。然后，有一天……她看见这只蚂蚁在另一只漂亮的蚂蚁怀里，一只很大的蚂蚁怀里——那是蚁后。她觉得她的心都坠入她的袜子里了（蚂蚁讲话的方式）。

日子一天天过去了，艾丽斯变得更加消沉。她在地上挖了一个洞，把自己埋起来，直到听不到自己的心跳和悲伤的呼吸声为止。这是当有地震，或当有人类的脚要踩到他们时所采取的防震措施，而这正是她现在心里的感受：好像在经受一场大地震，大灾难。

她想：要怎样在几百万只蚂蚁中突显自己？她又不比其他蚂蚁更漂亮，更聪明。而且，在蚁后面前，她又有什么价值呢？四分之一的花生，第八株草，还是一小片丽春花的花瓣碎片？

可是蚂蚁是不会一直这样消沉下去的。有一天艾丽斯一定会振作起来。她又开始在蚂蚁窝的走廊上搬运小麦、一株株的草和丽春花的碎片。因为她是只勇敢的蚂蚁。

有一天，心情不好的小蚂蚁又和那只有军人般外表的蚂蚁四目交接。她扬起头来，继续往前走，就像她在蚂蚁世界里所学到的，所谓："就让它成为过去吧，这些伤心的故事！我是不会再把自己埋在防震洞里的。这些失恋的伤痛，就算了。反正我已经付出过了。"可是这一天，换成是这只长得像军人的蚂蚁把麦子掉在地上，往反方向离开，还一直傻笑了。

小蚂蚁的脸上出现了晚霞一般的红晕。她问他：

"你叫什么名字？我是艾丽斯，你愿意和我一起散步吗？"

相关阅读

给小朋友说故事：《坠入爱河的小吸血鬼》(P155)。

有关性爱方面：《野兽爱情》(P117)。

5. 粉红色的词语和灰色的词语

有一天，不知道这件事怎么会突然变成这样，地球上再也听不到粉红色的词语了。什么是粉红色的词语？就是一些有礼貌的话，如“谢谢”、“你先请”、“不客气”、“你对我是很重要的”。这些甜蜜的话语在心中就像是棉花糖的棉丝。

这难道是那个只喜欢尖锐、刺激、苦涩的灰魔法师的杰作吗？啊，不……是人类比较偏爱这些刺激、苦涩又尖锐的话语，我们来看看这是为什么！

在这个时代的地球里，有一些粉红色与灰色词语的店。粉红色词语的商人卖的是“我爱你”、“我想你”、“太感谢了”、“请”、“你先请，不用客气”……而灰色词语的商人卖的则是“羊大便”、“鼠头鼠脸”、“臭嘴巴”……

起先，粉红色词语卖得比灰色的好。粉红色词语的商人赚了很多钱，而且地球上充满了棉花糖的甜味。灰色词语的商人则是苦哈哈的，一年只有一两次有客人，因为只有人们吵架吵得很严重时才会进他的门。

可是，有一天，很奇怪的，由于失业的危机，人情的冷淡，人们开始兴起买灰色的词语。老板们买了很多的“老朋友，滚蛋吧，你被开除了”，“很感谢您所做的一切，可是您还是走吧”。家庭里也开始有一些争执、离婚，夫妻不再恩爱如初，还有兄弟之间的嫉妒心，赌气……于是卖出了一些“我不爱你了”、“结束了”之类的词语。在粉红色词语的商店里，有一堆卖不出去的“谢谢”、“请”、“不客气”、“我爱你”……

“去死吧，那些温柔的言语，那么贵，也没什么用处。”人们说。

伤心的粉红色词语商人找不到地方来放这些卖不出去的词语。

粉红色的商店一家一家地关门了：“关门大吉”，“因丧礼的因素暂停营业”，“大甩卖”，“十五个粉红色的字只需一个的价钱”。可是尽管贱价甩卖，也没有人要买。灰色词语的商店则是生意兴隆，因为大家都知道，不好听的言语总是散布得特别快。在下课时间说出一句不好听的话，你将会回收到十句这类的话！甚至,还出现一些脏话、嘲笑的话及骂人的话的专卖店。灰色词语的商人日夜赶工,为了找出一些稀少珍贵、最恐怖、最伤人的词语！比如“黑牙齿的河马”、“你像娼妓一样发臭”等。

还因为害怕会缺货,就像战争的时候那样,人们开始储藏这些灰色的词语。将它们十二个一打地冷冻起来,堆放在厨房的橱柜里、衣橱里或床底下。

然后,只要有一点争执,一点不开心或意见不和,人们就将它们从库存里拿出来用:“闭嘴”、“猪头”、“秃鸭”、“臭老鸨”、“臭蛋”、“可怜的白痴” ……我不想再多说了！

在生日宴会上,人们也只说一些骂人的话。唱着“祝你生日不快乐,祝你生日不——快——乐”,然后派对里,到处可听到脏话。而在过新年时,大人们的酒杯里装的是洗臭袜子的脏水,他们互相干杯,讽刺地说:

“老朋友,我祝你未来一年里都糟透了……尤其是身体,一点都不健康！”

然后打开礼物时,会听到这样的话:

“天哪,真是丑死了！你怎么会有这么烂的点子？这真的是我觉得最恶心的礼物。”

上学前,小朋友会先到灰色词语的商店去买一口袋的脏话,准备在下课时间用。度假之前,大人也会买来装满整个行李箱的灰色词语和一些愚蠢讽刺的话语。当在高速公路塞车时,可以往车窗外丢,或者是在咖啡馆、三明治店休息时可以用:“喂！长得像老鼠的！你的驾照是在恐龙出奇蛋里得到的,是吗？”

在地球上,气氛非常冷淡。害怕这些不礼貌和冷言冷语的太阳决定再也不露面了。他想起过去人们敞开双臂,迎接他的时光:

“啊!天气真好!真是太舒服了!真是谢谢太阳先生……我的主呀,我真是爱太阳。”

——不像现在他听到的:“好热啊……热死人了……天哪,怎么这么热。”

因此,云遮住了天空,地球再次回到冰期。到处都冷冰冰的。从此以后,再也没有人脱衣服,人们再也不会互相拥抱,也不会想要生小孩了。地球变得非常凄凉,没有花,也不再有甜言蜜语!

然而,在某个角落,有个叫皮耶尔的小男孩不想被这些灰色词语所占据。也许是因为在他的口袋里还有一个结霜的粉红色词语。皮耶尔说:“我不喜欢这个世界,没有人会唱歌。在这里,人们不说早安,也不说谢谢。而且,天气又冷,一直都这么冷。我要去见太阳。”

小男孩走了好久好久。他越过了一座座结冰的丘陵,矮的山,高的山,还有一些熄灭的火山。

在几个月的奔波挨冻之后,筋疲力尽的他终于来到云的面前。

“我要找太阳。”他说。

“哈哈,你们快来看看……这个全身脏兮兮又可笑的小男孩要见太阳?已经没有人需要太阳了!自从灰色词语掌握权势以来,现在是我们雨层和云层的天下。”云的首领说。

他挺起胸膛,但被关在了门外。

小男孩坐下来,一脸茫然的样子。应该怎么反驳呢?他并没有带灰色的词语在身上。他因此哭了起来。云惊讶地看着他:他已经很久没看过人类哭了!在这冰冷的世界里,所有的眼睛都已经结冰了,心也变冷了。

“马上给我停止!不然我要下大暴雨了!”云挣扎地说(因为云是很容易哭的)。

最后,在一阵骚动之后,云决定帮助小男孩。

“看,那边像大便一样黄的小子,就是太阳了。”云对小男孩说。

皮耶尔张开眼睛,却看见蓝天的一端有一个像撞球一般大小的圆球:这就是太阳。由于遭到冷落,它正在渐渐地消失。

小男孩用仅剩的一点精力,来到太阳面前,对太阳说:

“你好,我是来找你的。在地球上,一切都变得灰蒙蒙的。我们又冷又不舒服,我们不再欢笑,不再说悦耳的话。你一定要再回到地球上来。”

太阳抬起快要消失的眼睛,说:“我是不可能再回去的。那些失礼野蛮的行为会把我杀死的。晚安,我要去睡觉了。”

“不!地球上没有你,都快冷死了!家里都冷冰冰的,人心也都变得很冷淡。回来吧,我求求你。”小男孩这样哀求太阳。

然后小男孩从他的口袋里拿出一个已经结冰的粉红色词语说:“我们爱你。”

“嗯,嗯,你这样说只是为了讨好我是吗?”这时太阳脸上多了一点红晕。

“才不是呢。”小男孩叹气地说。

太阳耸耸肩膀说:“当然啦,那是一定的!在一个只有吵架怒骂的世界里怎么能活下去?在那里,人们不会说‘谢谢’、‘请’、‘真好吃’等,每个人的心都变得冷冷冰冰的。我记得从前的时候,到处都有粉红色词语,人们心里都充满了光明。帮人开门时,人们会说‘谢谢’而不是‘羊大便’。啊,那真是一个令人怀念的时代。”一想到从前的粉红时代,太阳和小男孩就忍不住叹气。

“你一定要再回来。”小男孩坚持地说。

“我答应再回去试试看。可是,你要在地球上先散发这些粉红色词语。这样我回去时才会比较舒服。”太阳有点抱怨地说。

太阳给了小男孩所有库存的粉红色词语:“不客气”、“真是太好了”、“请”、“我非常爱你”、“我的挚爱”、“我一辈子的爱”、“你先请”等等。小男孩把这些词语放进口袋、嘴巴、帽子、围巾,还有袜子里,只要放得下的,到处都塞满了粉红色词语!

他回到地球,开始到处散发这些词语。突然间,在塞车的时候,人们开始打开粉红色的纸,说“你先请,别客气”、“天气真好,不是吗?”、“你先,我不急!”……

下课休息时间,我们也开始听到一些欢乐的笑声,还有“你是我最好的朋友”,“当然,欢迎你和我们一起玩!”……在家里,孩子们开始说粉红色的话:“谢谢妈妈”、“麻烦你”、“对不起,我不是故意的”……在生日宴会里,大家开心地唱歌,过新年时,也开始说一些吉祥话,及祝福人身体健康的话。

太阳又开始高高地普照大地,傍晚时,在粉红色的云彩里下山。而且,我向你保证,粉红色词语的商人又开始赚大钱了!甚至还开了一些专卖店:笑、惬意的叹息、礼貌、礼仪、客套话……这有点像棉花糖在心里的感觉。至于那些灰色词语，在这样一种幸福的景象前，也只好逃之夭夭了。如果有哪一个想在这里占有一席之地，我可以跟你保证，一定待不久的……

给父母亲的话

◎ 礼貌和合宜的行为 ◎

"跟这位阿姨问好"，"你没说什么得体的话"，"不可以不礼貌"……

小孩是很容易忘记要有礼貌的，因为害羞的关系，他们总是头低低地看着自己的鞋尖，而不知道要打招呼。可是，礼貌却是文明社会的第一要素，是尊重别人的最基本的表现。当别人替你开门时说"谢谢"，是为了表示注意到了对方的存在。

这也是为什么不能疏忽的原因，而且还要不断地提醒……

不需要用强迫或规定的方式要求小孩要有礼貌。最好是可以用暗示的方式提醒他："我想对方一定没有听到你刚刚说什么"、"你有没有忘了应该要说什么？"……

当他们有礼貌时，要记得夸奖他们（我们常常忘了这么做）。

至于脏话，很简单：如果他在大人面前说脏话，一定要处罚他。没有必要严格禁止他说脏话，不过要限定他说脏话的场合：朋友之间，或自己在房间里时等。（参考126页，在《粗鲁无礼的王子故事一则》里"粪便式"的脏话）

重要句子

◆"如果你一直都摆着脸，也别希望别人会对你微笑。"

◆"要别人喜欢你，有礼貌是很重要的事。没有人会疼爱一个从不说'你好'，'再见'，也不说'谢谢'的没教养的小孩。"

◆"微笑是会传染的。要先对别人微笑，别人才会对你微笑。"

◆针对脏话："我不是你的朋友。你要说这些话，就跟你的好朋友去说。"

6. 粗鲁无礼的王子故事一则

很久很久以前，有一个一点都不迷人的王子。他讨厌有礼貌、整齐的房间和干净的味道。他也讨厌友善、温柔的话语和感觉清爽的好心情。

他不是天生就像个粗俗无礼的人。这都是普鲁普鲁仙女的错。因为她真的是太惹人厌了，所以王子受洗的那天就没有邀请她。普鲁普鲁仙女非常生气，但她还是来参加王子的受洗，只是全身发臭，披头散发，还有一颗很大的肉瘤。她靠近摇篮边，说：

“小可爱，你将是前所未有，最令人恶心的王子！你将以死苍蝇为食，双脚一定都是脏脏的，指甲一定都是黑黑的。这是报应！”

在完全吓呆的众人面前，普鲁普鲁仙女放了一个很大的屁。从此以后，每天早上恶心粗鲁的王子都会心情烦躁地醒来，在床单上擤鼻涕，用手抓着长满头虱的头发,也不用梳子好好梳头。洗澡时,他会泡在加了臭鱼水的烂泥巴里。接着,吃早餐时,他会要一杯已经发酸的牛奶,大口大口地吃着涂了死苍蝇的酱。然后,再吃几块腐烂的奶酪,这些奶酪都是他故意放在太阳底下曝晒四十五天才变坏的。

吃饭的时候,他会一面喝汤,一面发出"咕噜、咕噜"的声音,手肘会摆在用金线织成的桌布上。甚至,他还把嘴巴张得大大地咀嚼食物,大家都可以看到他牙齿间嚼烂的食物。

没有人想和他吃晚餐,就连他自己的爸爸妈妈都不例外。秋天时,他会赤着脚踩地上的水洼,溅得别人都脏兮兮的。上课时,他会在众人面前发出"噗噗"的声音,也不会说"对不起",更别提放屁的事了。他还偷走其他王子的糖果和点心,然后全都丢进马桶里(因为他只喜欢蚂蚁和蝎子做成的糖果)。

而且,他还会放声大笑。总而言之,他一点都不懂得尊重别人,也不爱惜玩具。他就像又肥又爱流口水的蟾蜍一样惹人厌。

再过三个月王子就满六岁了。大家都说,过了六岁,魔咒就再也无法解除。这也是为什么皇后决定要开始行动的原因。

第一次行动

她把王子关在地牢里三天。王子出来后,比以前更脏,更得意。因为地牢里到处都发霉。

第二次行动

她从英国请来了一些礼仪老师,他们试着教王子一些生活的礼仪:"当晚餐拿到我们面前时,要说'谢谢',而不是'噗'。我们要把脚放在桌下,而不是桌上。我们每天都要洗澡,为了消除身上的细菌。我们吃草莓口味的果酱,而不是苍蝇口味的。还有,我们要和王子们做朋友,而不是蟑螂和蟾蜍。"可是,当他们看见恶心的王子抠着肮脏的大脚趾时,都忍不住大叫恶心,接着都离开了。

第三次行动

绝望的皇后请来了蝴蝶花仙女。蝴蝶花仙女总是会有好办法，而且蝴蝶花是非常香的。

“您知道的，我无法解除普鲁普鲁仙女的咒语。”仙女翻着魔法手册，叹着气说，“不过我倒有一些想法。我们总是说，真爱之吻可以破解最可怕的魔咒。您看美女与野兽的故事就是这样！”

然后，蝴蝶花仙女就对粗俗无礼的王子施了一个咒语，他将会爱上第一位在路上遇到的公主。这个咒语很快就见效了。隔天，粗俗恶心的王子心事重重，唉声叹气地回到城堡。他在学校遇到了一位迷人的公主，他跟踪这位公主，想得到一个亲吻……可是，公主却捏着鼻子离开了，还说他是“又肥又爱流口水的蟾蜍”！王子伤心得都忘了吃他最喜欢的苍蝇酱和发酸的牛奶。

“明天开始，我要再回到迷人王子的学校上课。”他一面清理自己的鼻子，一面说。

说做就做。首先，我们这位粗俗无礼的王子再也不用手吃死苍蝇做的酱，而改用银汤匙。他也学会要什么东西时，要说“请”，而不是“快点给我！”他学会感谢别人时要说“女士，非常谢谢您”而不再说“噗噗”。他最大的努力是，吃饭时，再也不把手肘放在桌上，而且会安静地喝芦笋汤，再也不会发出“咕噜”或“咻咻”的声音了。

当他回到城堡时，好像变了个人。他讨厌腐烂和臭鱼的味道，也不再说令人讨厌的脏话。他把苍蝇酱改成无花果果酱，而且非常喜欢干净的味道。他用漂白水来清洗房间，赶走了苍蝇、蚂蚁和毛毛虫。他还会笑嘻嘻地亲他的妈妈，说：

“亲爱的妈妈，早安……您今天还好吗？”

皇后热泪盈眶，因为看到又肥又臭的蟾蜍变成迷人的王子真的是一件令人非常感动的事。

他变得非常迷人，而且又很香，所以，有着金发及敏感鼻子的美丽公主会用她那双有着长长睫毛的眼睛，温柔地看着王子。当然，他也很快就和公主结婚了，而且有了一群喜欢新鲜牛奶和樱桃果酱的小王子，他们嘴边总是不忘说“谢谢您,女士","早安,女士"。吃饭时,他们会坐得端端正正,把脚放在桌子底下。而普鲁普鲁仙女呢,她也爱上了一位迷人的王子!所以——你一定猜不到——她到清洁学校去注册了。她也因此变成了一位迷人又雅致的仙女,所以再也没有人会怕她了……

给父母亲的话

◎ 卫生习惯和举止合宜 ◎

养成良好的卫生习惯和举止合宜是团体生活的必要条件。谁也不想和满嘴粗话的男孩在一起,也不喜欢和把脚放在桌上的小孩一起吃饭。在家庭生活里,也是一样的:常常整理房间也是必要的,这也是尊重别人的一种方式。从六岁开始,小朋友已有充分的能力来做这些事(在幼儿园时,老师也会教导小朋友如何整理东西)。在家里,我们也可以让他们开始学习动手做家事。不过,我们也必须允许他们房间的某个角落可以是乱七八糟……因为,这也是必要的。

在这个年纪,他们已经懂得良好的卫生习惯是对抗疾病的方法。还必须跟他们解释饭前洗手可以预防把细菌吃进肚子里!

"粪便式"的脏话:对他们来说,这是一种对命令的反抗。他们会从说一些有关便便尿尿的话或其他脏话中得到一种快感。

有技巧的应对

要求他只能在某些时候说脏话:在房间里,或和朋友在一起时。一定不能在大人面前或学校里说,更不能在吃饭时说这些话。要注意,处罚他们的方式不能太过严厉,也不能骂他"真是龌龊,真是肮脏",因为这样可能造成他成年后会有强迫症,或洁癖的症状。最好的方法是:送给他一本笔记本,当他想说脏话或生气时可以将脏话写下来发泄,这样可以帮助他们控制说脏话的欲望,及管理自己的情绪。

我们也可以鼓励他们发挥想象力,丰富他们的词汇,就像《丁丁历险记》里

爱说脏话的哈德多克船长一样，用“烘蜂窝饼的模子”来骂人是麻脸，或用19世纪土耳其非正规士兵的称呼（Bachi-bouzouk）来骂人头脑有问题，这样才比较有想象力！

重要句子

◆“如果你朋友的房间又臭又脏乱，你会想要去吗？在团体生活里，和别人住在一起，一定要保持干净。”

◆“我不想看到这个……不想听到这些话，我又不是你的朋友！”

◆“你可以和你的朋友这样，可是不是跟我。”

相关阅读

给父母亲的话：《粉红色的词语和灰色的词语》（P123）。

给小朋友说故事：《无礼或脏话的替代语》，参考如下。

无礼或脏话的替代语

……：“谢谢”

……：“你好，先生，女士，小姐。”

……：“麻烦你，麻烦您。”

……：“再见。”

给我：“亲爱的妈妈，麻烦你了，我可以要一份点心，一颗水蜜桃，一些薯条吗？”

我还要：“妈妈，请你再给我一些薯条，一些面条，一些巧克力，好吗？”

今天是星期六，你又忘了！（责备的口气）（或者：噢！你又忘了）“麻烦你，我可以拿我的零用钱了吗？”

嗯：“好，谢谢。”

喔：“不用了，谢谢。”

发出想吃东西的声音：“啊！好香喔！我也要一点！”

恶!恶……“不,谢谢。我不喜欢这个。不过还是谢谢你想到我。”

喔:“我无所谓,谢谢。”“我想我不是很喜欢,可是还是谢谢你想到我”……

好了,够了!(其他:停!我受不了了!!)“谢谢,这样就可以了。”

热死人了:“今天天气真好!”或是:“太阳好大,真是舒服。”

真烦:“真可惜,今天下雨。”

好无聊,真是受不了!“我可以看一下电视吗?”

什么?神经?“啊,多有趣的想法!说真的,我从来没想过。当我又想了一下时,我觉得很喜欢这个想法。”

是呀,超酷!“这真是好办法,真是太谢谢你了。”

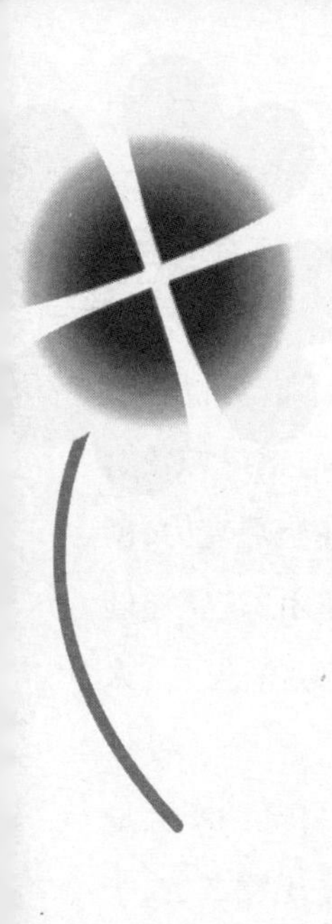

Ⅵ 伤心 害怕 害羞

1. 躲在塔里的小公主

从前有一位小公主，有一天，她在一个天气不好的早晨醒来，觉得心情乱糟糟的。一起床，就觉得眼泪快要从眼睛里滚下来，心里好像蒙上了一层厚厚的乌云。最严重的是，她对什么东西都不感兴趣，即使是巧克力、糖果、洋娃娃也不能勾起她的欲望。买糖果干吗？吃太多糖果会有蛀牙。这些洋娃娃有什么好玩的？又不会说话。反正有一天，世界上所有的东西都会消失的。太阳、大海，也许我也一样会消失……

她以前是那么爱笑，高兴地到处跳来跳去，现在却喜欢躲在自己的小天地里，任凭那片漆黑的乌云掩盖住周遭的一切色彩。城堡里的墙壁是黑漆漆的，小小的天鹅湖是灰蒙蒙的。所有的一切都是绿色、灰色和黑色的。

小公主把自己关在皇宫最高的塔里，第4556层。她开始在塔里哭泣，流出了几公升、几十公升、几百公升极度悲伤的泪水。公主的眼泪是很神圣的，不能随便把它们倒进洗手间里，再用水冲掉。用海绵吸眼泪的仆人装了一瓶瓶眼泪，再倒入皇宫中盛咸水的小池塘里。这个水塘是当天鹅们伤心欲绝时，才会来闲逛的地方。

当公主停止哭泣时，她开始叹气。所以，在悲伤的乌云还未布满所有角落前，就要赶紧清扫这些叹息。清扫叹息的仆人日日夜夜地打扫，直到没有半点叹息声。他们制造了一些有瓶盖可密封的叹息瓶。

还必须赶走藏在木头地板底下的悲观的想法，摘下粘在天花板上的忧伤的秘密，还要追捕烦恼。

“到底发生了什么事？她是不是在公主学校里和朋友吵架了？还是和男朋友或老师吵架了？会不会是我们的错？还是因为成长中感受到的痛苦？”国王和皇后想。

“是呀，也许是一种成长的方式。”皇后忧心忡忡地说。

不久之后，所有的随从，清理眼泪、烦恼及叹息的仆人都忙不过来了，以至于从一个房间到另一个房间都要坐轻舟。公主流在地上的眼泪凝聚在一起，就像一面镜子，她可以看到自己伤心的样子。

“天哪，我是多么伤心呀！”她也因此更忧郁了。反正事情就是这样：当我们心情沮丧时，又觉得自己很伤心，那我们就会更加难过！

国王和皇后想尽了各种方法来让她开心：糖果、蛋糕、玩具、最有名的医生、走钢丝的杂技演员、国王的笑话。你无法想象有多少小丑在皇宫里进进出出。在这些人之中，有一个比其他人厉害，他终于让公主脸上浮起一丝微笑。在长达十二个小时的表演之后，公主轻声地笑了。皇后也因此赐给他一串珍贵的项链，还替他戴在脖子上。

可是，很快皇宫又重新被伤心的气氛所覆盖了。久而久之，大家都觉得小公主可能是中邪了，所以请来了所有的收惊大师。他们挂满了大蒜，吃生洋葱，喝酒，大喊：“忧伤，我要你离开！伤心，快走！”可是，还是没有用。

一百年过后（因为当我们难过时，时间会过得比较慢），一个晴朗的早晨，公主醒来时，心里感到非常轻松愉快，甚至不需要叹气来让心里感觉舒畅些。阳光从厚厚的窗帘透了进来。突然之间，春天到了，小公主会笑了，而且能感受到太阳的温暖。随从和仆人们醒来时都非常惊讶。公主的女随从乘着轻舟到来，因为昨天公主还流下了很多的眼泪。

“咕咕！咕咕！快来帮我梳头，穿衣服，帮我装扮一些鲜艳的颜色。我想要粉红色！红色！还有黄色！”公主蹦蹦跳跳地说。

穿好衣服后，她决定到皇宫四处走走。她很快就从4556层楼冲了下来，因为她现在脚步轻松得就像长了翅膀一样。

在外面，她看见绿绿的草和一大片朝气蓬勃的玫瑰，好像是因为见到公主而感到非常的高兴。公主眯着眼，看到很远很远的地方有两座灰色的高塔，还有一个灰色的湖。她突然心里一紧："这是什么？"城堡的侍卫指着第一座塔说："这里有所有被我们关起来的伤心叹息。"

之后，公主注视着另一座塔和小池塘，问："那个呢？那是什么？"

"那是我们用石灰漂白过后的悲观想法，还有所有你曾经流下的眼泪。"

"真是太凄美了！"公主说。

当国王和皇后醒来时，看见他们的公主满脸笑意，皇后高兴地大叫起来。因为当妈妈看到自己的小孩难过时，自己也会很难过。公主长大了，所以她要求有一栋只属于她的房子。这是她第一次想要一样东西，所以那些清理叹息的仆人马上又开始工作了。他们用一些叹息造了一张带有粉红色及灰色的、漂亮的小床。从高塔里取出一些悲观的想法，混合了粉红色来砌墙壁，还用一些秘密来做天花板。这真是真真实实公主的家，以欢乐和悲伤做成的家，就像人生一样。国王和皇后都知道他们的小公主长大了。

"就让她随着自己的步调成长吧。"皇后悄悄地说。

就这样，小公主不断地长大，成长，没有任何东西可以阻碍她。当然，有时候，她头脑里还是会萦绕着一些悲观的想法，就像蚂蚁一样。可是这些想法怎么来的，就会怎么消失。

"这些都是一些少女的秘密。没关系的，亲爱的，那些悲伤的日子都结束了。"

给父母亲的话

◎ 忧郁症的小孩 ◎

据专家指出，孩童患忧郁症有越来越早的倾向，有的从六七岁就开始，而且，男孩子占有更多的比例。

有时候只是一些忧郁的征兆，并非真正严重的忧郁症。这些征兆常常会出现在搬家之后，家里有了新生宝宝，父母离异或夫妻不合时……

如何发现忧郁症？

孩子喜欢独处，把自己关在房间里（就像关在塔里一样），拒绝参加生日宴会，也没有玩的兴致，甚至不想看电视。甚至是没有玩的欲望及很难和他同年龄的孩子建立友谊等都是很重要的征兆。

孩子会看起来累累的——我们会想到给他们补充维他命。他们好像筋疲力尽，因为他们大部分精力都用在对抗忧郁症上。

坏习惯：痉挛式的咳嗽，眼睛眨个不停，手一直重复做相同的动作，口吃或有其他一些特别的举动。对某些事物一直有恐惧感。

睡眠不安宁，饮食不正常，没有食欲或食欲过盛……学校的成绩明显退步。

最后，根据专家的看法，儿童忧郁症常常是由于遗传的因素，但比我们想象中还要严重得多。

如何反应

向儿童专业心理医生诊所里的心理治疗师求助。避免故意表现太过幼稚的行为及过度保护他，因为这样会使他们的症状更加严重。（小孩会觉得："我是没有用的，我是个小婴儿，我什么都不会……"）

如果情况非常严重，千万不要犹豫，要接受医生所开的药，例如抗忧郁的药。孩子并不会因为吃了药，从此就对药有依赖。

让他有自我表达的机会：可藉由画画、戏剧课、运动、音乐等所有他有兴趣的事来实现（当然不能勉强）。

2. 路路小精灵，幸福老师

那天，马丁醒来时，心情非常非常糟，其实他每天都是如此。马丁的情绪一直都很恶劣，并不是因为他缺少一位每天笑眯眯的妈妈，和善的爸爸，漂亮的房子，和一切幸福的条件。

"早安，亲爱的！"妈妈说。

阳光明亮地照进房间。

"嗯……"马丁不但没说早安，反而这样回应。

"今天天气真好，你可以穿短裤了。"妈妈亲切地说。

"我不喜欢出太阳的时候。天气好的时候，太热了！"马丁抱怨地说。

妈妈叹了一口气。到底是什么原因让他脾气这么坏？

不过那天早上，发生了一件改变马丁一生的事。在脱去外套的时候，他感觉口袋里好像有什么东西。他吓了一大跳，赶紧拎一拎他的上衣。

"唉呀！唉呀！呜呼！"地上传来一个小小的声音。

马丁瞪大眼睛——他面前有一位小精灵在动来动去。这可是地球上前所未有超级迷你的精灵。小精灵摸着右脚，表情很痛苦。

"你在这里做什么？"马丁问。

"你真是一点也不懂礼貌，你至少可以问问我有没有受伤吧？我想我的左脚断了。"

"那又怎样？"马丁双手交叉着说。

小精灵伸出小小的手。

"我是小精灵路路，幸福老师，请多指教。"他一脸严肃地说。

"幸福老师？然后，还有呢？为什么不是温柔老师，或礼貌老师呢？"马丁使坏地笑着。

"你答对了！就如你所说的，我同时也是其他几项专业的老师。我教人要亲切，有礼貌，要学会微笑，还告诉人们活下去的乐趣。现在，你可以帮我包扎我的脚吗？然后，可以请你带我一起去上学吗？”路路用他细小的声音说。

马丁心不甘情不愿地找来了纸箱、火柴及钓鱼线，用来固定小精灵的脚。然后，他把路路放在口袋里，说：

“谁知道呢……也许会比平常有趣些吧！”

在上学的途中，小精灵路路把头探出口袋外。

“马丁！你可以抬头挺胸地走路吗？你一直头低低地看着地上，这样你只能看到狗大便！”

“那又怎样？我才不在乎呢！”马丁用傲慢的口气说。

“你这样子，让我一点都不惊讶为什么你总是板着脸了，就像把自己关在牢里一样！”幸福小精灵叹了一口气，说：“看看你的四周！看看摊贩上的水果！看看这些草莓！我可以用它们来造一栋神奇的房子。等我有钱的时候，我一定要买一颗这样的草莓，当成是我第二个家，里头有带着粉红色小圆点的白色窗帘。”

“他完全疯了。”马丁想。

可是小精灵不断地发出赞叹：“啊！你看！那个女孩……长得真是太美丽了！好像是从《一千零一夜》里跑出来的。只要戴上皇冠，她就像真的公主一样。”这是马丁第一次觉得路路说得有道理。仔细看看这个女孩，她有一双精灵般的眼睛，好像是从童话故事里走出来的一样。

“啊！真是太神奇了！”路路说。

“什么东西？你又看到了什么？”马丁抬起眼睛急切地问。

“是鱼贩梅兰先生。他骑着脚踏车，你看！他要去钓鱼。”路路用尖锐的声音说。

“在哪里？”

“在塞纳·马恩省河

上,在罗亚尔河上,在大海里……有什么关系吗?”

“对噢,”马丁让步地说,“在哪里不是那么重要。最有趣的事是幻想他钓鱼的样子。”

在学校里,路路也不断表现出惊讶的样子。数学课让他兴奋地从口袋里跳了出来。

“啊!我的天!这些数字!所有的可能性!可以算到无穷尽!”

历史课也令他舒适地叹息,他用小精灵的声音,轻声地说:

“这些历史……国王的历史,王朝的历史……”

不过他最喜欢的是地理课。

“所有的大海!海洋!这些岛屿,这些我们不认识的地方,只要看着地图,就能引发许多的想象力。地理地图真像是个梦!”

这些事是多么真实呀!马丁开始认为这个小人儿说的话是多么贴近事实。在学校,他开始兴致勃勃地听课。

“马丁,你想去哪里旅行?”

“我想去波里尼西亚。因为那里的海水是温的,而且有各种颜色的鱼。”马丁回答说。

下午四点半放学后,马丁把小精灵放在口袋里,抬头挺胸地走路。他终于开始觉得生活充满了色彩及梦想。

“你看,只要我们改变对事情的看法就行了。如果总是觉得‘上学很无聊’,那就会无聊好几年。可是如果告诉自己‘我将会听到在遥远国度里各种美丽的故事’,一切就不同了。”

空气中突然传来一阵覆盆子的香味,路路停止说话。

“你知道吗?如果我有一位妈妈,像你妈妈一样,我只有一种愿望,就是去感觉她的脸颊贴在我的脸颊,闻她身上散发出来的香味。妈妈总是那么香,那么温暖!每当想到这里时,我就会有很浓的幸福感。”路路又说。

然后,他的声音突然变得很沉重:

“我呢,我以前也有妈妈,好久以前……可是现在,如果可能,我愿意放弃一切,只为了能再闻到她身上的香味。可是,一切都太迟了。”

马丁明白了,路路曾有过妈妈及失去妈妈这两件事,在他极力追求幸福的生活里,有着很重要的影响力。

那天晚上,马丁用力地亲了妈妈,还用力地闻着妈妈身上的香味。妈妈则把他抱得更紧,说:

“马丁,我感觉得到你现在好多了,我真的很高兴。”

“当然了!我有一位天才跟我在一起——有个小精灵教我幸福。”马丁笑着说。

妈妈也笑了,然后跟他道晚安。

隔天,当马丁张开双眼,把手伸进口袋里找路路时,发现什么都没有。他用力甩了甩衣服,希望能像昨天一样,听到小精灵抱怨的声音。可是从衣服上掉下来的是一小张折成正方形的白纸。

“我的左脚已经不痛了,我走了,希望你的心情已经好多了。我祝你有一个精彩的人生,而且充满了幸福。”路路写道。

马丁控制自己不要哭出来。但事实上,他并不觉得伤心或生气。他只是告诉自己:“能遇到他是多么幸福的事呀。他是我最好的幸福老师。”

也因此,马丁的生活有了一百八十度的大转变。长大之后,他娶了一位像《一千零一夜》里那样的公主。他还到很远的地方进行长期旅行。他走遍了许多只有地图里才可看到的陌生地方,例如波里尼西亚。而这些事都带给他不可思议的幸福。

有时,在绿洲前、沙丘前,或是在有着各种彩色鱼的海滩边,看着鱼儿逃往梦里的国度时,他就会想起路路。

事实上,他知道,在某个角落里,在一颗巨大的草莓里,或在沙特阿拉伯的某个地方,路路会用一种哲学的眼光看着他,并喃喃自语地说:

“加油,马丁!我以你为荣!你的心情比以前好太多了!”

给父母亲的话

◎ 幸福,不幸福 ◎

时常我们伤心的时候,会有一个明确的理由(父母亲吵架,成绩不好……)。

就好像喉咙痛一样，很快就会过去了。可是，有些人会一直觉得不开心，一直抱怨，好像遇到了世界上最悲惨的事情一样。他们永远觉得世界不够美好，只看到瓶子里空的部分（而不是瓶子里有水的部分），他们也看不到每天生活中点滴的幸福（比如马丁的情况）。生活中不是只有一些“重要的幸福”或是惊喜（圣诞节、朋友家的宴会、生日……），日常的生活中还是有许多让人觉得幸福的小事的（如闻到一股蛋糕的香味，和家人一起看迪斯尼电影，和妈妈聊天……）。如果我们不睁开眼睛看的话，是感受不到这些幸福的。

有欲望是很重要的事情。想要拥有什么东西，会让人更想活下去。想要去旅行，想要得到好成绩，想要学柔道……这些各式各样的欲望都是生活中的调味品。有点像小精灵路路所说的那样。

可是，当欲望超过自己的能力，大到无法实现时，我们就会觉得很不幸福了。

如果马丁对自己说：“我想要有一个500欧元的零用钱，像我朋友一样，活在中古时代……”那他一定会过得很不快乐。

重要句子

◆“如果你自己不尝试过得快乐，没有人可以使你幸福。”

◆“要乐观一点，试着看瓶子里有水的那一部分，而不是空的那一部分。”

◆“以不幸来换取幸福。这是一个简单的练习。例如，搬家的时候，告诉自己：‘太棒了，我将会交到很多新朋友！’，而不是：‘太可怕了，我要换学校，在那里，我什么人都不认识’”。

相关阅读

给小朋友说故事：《躲在塔里的小公主》（谈到忧郁症的问题，P136）。

3.害怕被冲水马桶冲走的萝丝塔

有个名字意为“小玫瑰”的萝丝塔，觉得自己非常瘦小，非常渺小，总是害怕一件事：消失。小孩子常常是这样的：有时，有些孩子觉得自己比实际年纪还要来得大，所以他们急着想戴上国王的皇冠，当起大人。可是，有时，有些小孩子会觉得自己非常渺小，就像床底下的棉絮一样。也许这是因为孩子们实际上并不知道自己是高大还是微小。也可能因为这件事对他们来说是很难分辨的。

萝丝塔对自己所害怕的事感到很丢脸，可是羞耻心并不能赶走恐惧，反而是相反的情形。她从来不会说出自己的恐惧，可是却害怕得不得了。她害怕自己会在大雨中，或在龙卷风里消失。当风有点大时，她害怕自己会因此飞起来。虽然她已经五岁了，可是，当她在厕所里尿尿时，会害怕掉进马桶里，再也出不来了。她害怕吸尘器，甚至连扫把都怕！最后，当躺在小小的床上时，她也会害怕消失在棉被底下，或枕头底下，第二天早上就再也回不来了。她的恐惧越来越大，一直到和她本人一样大。在大人面前，萝丝塔也觉得自己非常微小。当她抬起头时，只看到一双双的腿，看不到裤子的顶端；看到一双双像船一样的脚，尤其是当有人把头低下来看她时，那一双好像要淹没她的眼睛，似乎说着：“我的天哪……这孩子怎么这么小！”

直到有一天，萝丝塔的恐惧大到她再也不敢出门了。下雨时，她就躲在房间里。打雷时，她害怕自己会化为灰烬。天气晴朗时，又害怕自己会烧焦……

她的父母非常困扰。面对萝丝塔这么大的恐惧，到底应该怎么办呢？他们为萝丝塔买了一张有栏杆的小床，让她安心了点。他们给了她一个小尿壶，这样就不需要冲水。他们会念些小宝宝的故事给她听，还送她一个奶瓶，这样就不怕会噎着了。可是这些举动却无法真正地解决问题，反而使情况更糟。因为萝丝塔觉得自己更渺小了！

有一天晚上，萝丝塔的妈妈不知道应该怎么做，她温柔地握着萝丝塔的手，

决定讲个有关小小人儿们的故事给她听。

“我要讲一个故事给你听。在好几百万,好几亿年之前,地球上住满了小小的人类。他们比蚂蚁还要小。”

看着萝丝塔惊讶的眼神,妈妈说:

“不,事实上是比蚂蚁大一些。可能……就像小白鼠一般大小吧。因为那时人类非常的微小,所以他们都睡在核桃的果壳里,盖着一片玫瑰花瓣。他们以熟透的桑葚、面包屑为食,只要四分之一的水滴就足够解渴。问题是,他们对什么事都害怕。一阵很微弱的风就会把他们吹到另一个地方去。你看,他们就这样随着风向旅行。可是要是刮起一阵强风,很多家庭就会因此被拆散,东一边,西一边的。”

“好可怕啊。”萝丝塔很小声地说。

“是呀,可是当刮起反方向的风时,他们又会聚在一起。而且可以互相叙述彼此的遭遇。”

“要是有水滴呢? 这些小人儿会消失,或被淹没到水滴里吗?”萝丝塔问。

“不完全是这样的。事实上,有一两颗水滴时,他们可以借机洗个澡。可是生活并不会一直这样平顺。这也是为什么他们要去求神的帮助,因为神非常高大,又是万能的。这些小人儿说:‘我们不能一直这样下去。一定要把我们变得更高大一些!要不然只要起一点点风,就会使我们消失不见。我们需要十五,二十,三十……不,至少再多一公尺以上。’众神们开始秘密商议,他们全部聚在一起,喝着茶讨论这件事。因为这些神非常非常喜欢人类。”

讨论结束后,他们想出了一个办法:小小人儿将会如愿长大,可是不是一下子就可以长大。众神们从口袋里拿出一个用银做成的吉祥物。“在你们长大之前的这段期间,这颗神奇的银心将会一直保佑还是弱小的你们。等到有一天,你们长大了,就什么也不怕了。”守护天神说(这是一位爱神)。

小小人儿把这颗银心小心收藏起来,放在自己心脏的部位。众神非常清楚,其实这颗银心没有什么魔法,可是却代表着众神的信任与爱。奇怪的是,从这天开始,还未长大的人类却过得很幸福,再也不怕下雨、刮风和噪音了。只要他们想起守护神说的话(他和所有人类的爸爸有点像),就会觉得非常有安全感。

经过几个世代之后,人类渐渐地长大了,没有什么事会让他们害怕了。

“小小人儿的故事就这样结束了。今天，尽管我们都已经长大，可是在人生的某些阶段，我们会像我们的祖先一样，觉得自己和小老鼠一样渺小。可是，这时只需要想想那些使人安心，会保护人的神，就不会那么害怕了。”

然后，妈妈把一颗带有美丽链子的银心，放在睡着的萝丝塔手里，并在她耳边悄悄地说：

“把它好好带在身上，它会保护你，一直到你长大。”

给父母亲的话

◎ 为什么小孩会觉得自己很脆弱？◎

所有的小孩都有某些部分像拇指姑娘、米奇老鼠，或是小鹿班比。活在大人的世界里，一整天都要听话，承受千变万化的规则，他们怎样才不会觉得自己很渺小很脆弱呢？

有些小孩比其他孩子要胆小，害羞……通常这些孩子在四岁的时候，不喜欢溜滑梯，讨厌滑雪，害怕坐高的马等。也许是因为他们在幼儿时期缺乏本应得到的安全感，因为这种安全感可以帮助他们渐渐脱离母亲的怀抱。

如何建立他们的自信心？

避免整天重复地对他们说一些暗示着有危险的话：“小心，你会……（跌倒，迷路，迟到……）。”我们最好用一些假设的口吻说“可能这样会比较好”，或是“小心不要”……除非我们想要替他做什么事时，可以说：“我想知道，你是不是能够……”等。

避免什么都帮他做好。

不要责备他的行为。如果我们把他比喻成胆小鬼，说：“啊，他呀，他不是那种勇敢的人。”那我们就会把他定型成一个害羞且怕东怕西的小孩。

要不断地鼓励他：三个月，当他会抓住玩具时；十一个月，当他会玩积木时；两岁半，当他会自己穿衣服时；上学后，当他得到好成绩时……

帮助他培养自主的能力。给他电话号码和住址，并建议他记住一些有用的电话号码等等。五六岁时，让他学游泳。总之，尽力帮助他在成人世界里长大，让他觉得自己够强壮，让他有责任感。

重要句子

◆“我知道你可以的。”
◆“我对你有信心。”

4. 哈利，害羞的小巫师

说到小巫师哈利很害羞这件事，真是一场灾难。他走路的时候，头都快要贴到地面，双脚内八，只要一有人跟他说话，他的脸就会像野花一样红。身为一个巫师，这是有点夸张……哈利有他举世无双的办法，可让自己在某些场合迅速消失。在学校，当巫师老师叫他到黑板前时，他就会化身为粉笔或墨水瓶，就只是为了不让别人注意到他。当他父母邀请朋友来家里晚餐时，他就会把自己变成茶包、方糖或银汤匙。他的父母非常了解他的把戏，每次都会对着客厅的灯、厨房的柜子或牙刷大喊：

"哈利，你可以出来一下吗？"

他们会这样对客人说："哈利真的是太害羞了……我们真不知道该怎么办才好！"

不知道从什么时候开始，这位小巫师变得如此害羞。当然，他一定不是生出来就这样，因为害羞不是天生的！有可能一开始的时候，他只是比较内向。然后，由于一直听到这样的话："啊呀！你们看看他，他怎么脸红得像野花一样"，或者是："你怎么会这么害羞啊！"就这样，不失众望——他终于变成了很容易害羞的人。这是必然的结果。

当早上照镜子时，他心里会浮现出几句话，就像回音一样："好害羞——好害羞——好害羞。"这是他唯一听到的话。

也许你会觉得，这有什么关系！害羞又不是什么严重的事，又不是偷东西。没错，可是在巫师学校里，害羞却是一项很严重的缺点。施魔法有时候需要够大胆，要放声大笑，而不是暗自偷笑，而且要眼睛睁得大大的，眨也不眨地注视着其他人，大声地说出咒语，手要紧紧握住魔法棒，不能发抖，尤其不能害羞到满脸红彤彤的！

在家里，哈利的父母不知道该怎么办才好，因为，即使是在巫师的国度里，也不可能用魔法棒来改变一个人的个性。

“听我说，儿子！你学学别人！哈利·波特从来不会把自己变成茶包！伟大的魔法师梅兰不会动不动就脸红！”

在巫师学校里，哈利所做的魔法作文非常出色，当老师在班上将他的文章大声念给同学们听时，哈利就会把自己变成蚂蚁。

可是当遇到实验课程，需要实际操作魔法时，才真是灾难的开始。他一直发抖，什么都变不出来。在上移动物体的课程时，要让果酱从一张桌子飞到另一张桌子上，哈利因为抖个不停而把果酱摔烂在地上。在上易容术和发型课程时，他常常把美丽的公主变成可怕的泼妇。而且，有一天，他还因为把老师变成可笑的鹦鹉，被罚在家反省三天。他越害怕失败，就越会失败。这也是有一定的道理的……

他的爸爸和妈妈用尽各种方法要治疗他害羞的毛病：一些威胁（要将他关在黑巫师的家），一些软性的劝导及保证（宝贝，当你不再那么容易脸红之后，你将会得到三对发臭的乌鸦！）。而且，他们还看遍了所有有关害羞的书籍。

有一天，哈利的爸爸在阁楼里找到一本魔法书，他在书里发现了一种消除

脸红的方法。从此，哈利每天早上都要喝用维生素、猩猩的奶水、老野狼的口水及很多不知道名字的材料做成的药水，因为这些都是魔法世界里的东西。这个药方的效果非常显著。在喝完一大碗药水后，哈利会摇摇摆摆地走到学校，拍着同学的肩膀说："嗨！同学，你好吗？"不幸的是，魔法和药剂都是有时效性的。三个小时过后，他回复到原来的样子，甚至比以前更糟，因为他会这么想："我的天哪……当魔法还在时，我到底做了些什么……真是丢脸！"

有一天早上，不知道是因为长大了，还是因为变聪明了，哈利再也不想喝魔法药水了。

"今天，我不要喝了。这药剂对我的确很有效，它让我知道不害羞时的我是什么样子的。现在，我不用药剂就可以做到这样。"他说。

他照着镜子，一点也不脸红，想着："我的身体已经含有丰富的维他命，我就像猴子一样聪明，像狮子一样勇敢，最重要的是，我再也不会害羞了。"

当然，转变不是一夜之间的事，魔法是不会改变一个人的。然而，哈利却成功地让装满蜂蜜的罐子飞起来而没有掉在地上。隔了几天后，他把可怕的巫婆变成了一位迷人的公主。在母亲节时，他把用风干的蛇做成的项链，变成了一串钻石项链。他的父母把魔法书里找到的所有药方，及那些没有用的药水全都丢到河里去了，也再也不说那些威胁利诱的话了。

"太棒了！你成功了！我们真是以你为荣！"

他妈妈会取下脖子上的钻石项链，对所有人说：

"你们看这个！这是我儿子哈利变的。是呀，我儿子很有天赋！另一个哈利可以回家吃自己了。"

这难道不是真正的神奇魔法吗？

过了一阵子，由于妈妈这些赞美的话，哈利能变出珍贵珠宝的艺术越来越厉害了。我知道现在这附近所有的巫婆都会跟他订购镶有毒石头的大蜘蛛坠子。

这些事常常会发生在以前很害羞的人身上，当克服了害羞的毛病后，他们就会变得比别人还要坚强。像猴子一样聪明，像狮子那般勇敢，而且永远都是精神抖擞的样子！

给父母亲的话

◎害羞◎

他动不动就脸红，团体活动时总是自己一个人躲在角落里，从来不敢在上课时举手发言……可能是个性害羞的关系（就像百分之五的孩子一样）。该怎么做呢？

不要强迫他参加团体的运动（像足球、排球、篮球等）。他已经过了一整天团体的生活了，已经够了！以“为了他好”的理由，让他去参加足球或戏剧表演是没有用的，反而会使他变得更害羞！不如让他去参加一些他有兴趣的才艺班。或许他有柔道、画画、版画这方面的天分？尽管这些都是一个人进行的活动，也让他去参加，这样可以增添他对自己的自信心。

鼓励他多交朋友，可是并非一定要局限在白天学校团体生活里的学生。有一两个好朋友会帮助他有勇气面对外面的世界。他们可以彼此诉说心事。最好是，问他最喜欢的朋友是谁？到学校接他时和他喜欢的朋友的妈妈打招呼。

帮助他有勇气在上课时发言，可是避免让他像要去打仗一样害怕。当他要在班上念诗时，最好两次里有一次，您能让他觉得自己有充分的准备。如果他很满意自己的表现，更会使他想要在上课时发言。有一次好的经验就会接二连三地有许多好的经验。

不要让他逃避自己害怕的事物，要帮助他循序渐进地面对自己地恐惧。例如：要求他自己去买面包（可是我们陪他一直到门口）。然后引发他想做这件事的欲望：剩下的零钱你可以买自己喜欢的糖果。（虽然吃糖果对牙齿不好，可是却可以帮助他克服心里的障碍！）

从五六岁起，可以教他一点让自己放松的简单方法（用肚子慢慢地吸气吐气，这样可以帮助他克制害怕的情绪）。

如果害羞的问题变严重了（总是一个人，很难交到朋友，看起来很伤心的样子），可以去找心理医生。

有时只要一两次谈话就可以解开他的心结。

重要句子

◆要避免让情况恶化，不要在他面前说:“我的小孩很害羞”,“你就是这么害羞”……这只会让他维持原样。

◆要有分寸地鼓励他:“你很会画画”,“你是做苹果派的高手” ……夸奖他真正实际的优点,而不是一些不符合现实的优点。

相关阅读

给小朋友说故事:《害怕被冲水马桶冲走的萝丝塔》(P145)。
《坠入爱河的小吸血鬼》(P155)。

5. 坠入爱河的小吸血鬼

在一个月圆的晚上，小吸血鬼和往常一样，趁天黑时出来活动，为的是不被别人看见。在路上，他看见一位穿粉红色衣服的小女孩，正从一栋大楼出来。这是圣诞节的晚上。这个小女孩，和今晚其他的小孩一样，眼睛里散发着幸福的光芒。她穿着最美丽的粉红色且镶有花边的连身裙，在人行道上跳舞。而有着一对尖尖的牙齿，脸色苍白，神情伤心的小吸血鬼，就静止在那里，眼睛睁得大大的，看着这位脸上洋溢着幸福的小女孩。

从遇见小女孩的那天起，小吸血鬼就一直魂不守舍的样子。他好想再见到这个小女孩。不是为了要攻击她，只是想在她的脖子上留下轻轻的一吻。可是灰色的吸血鬼和粉红色的小女孩会有什么令人期待的结果呢？

这个美丽的小女孩名叫玫瑰。晚上，小吸血鬼尾随她来到她家附近，为了能看见她。可是，常常他都只是看她刷牙，她的牙齿像珍珠般洁白；他看着她梳头发，在她粉粉的肌肤上戴上手套。或者，看着她在粉红色漂亮的床上，微笑着入睡。而小吸血鬼看着自己长长的牙齿、灰暗的脸色和有着爪子的双手，想："在我灰色的心里，注入了一些粉红色，还有带着一点点粉红的灰色，多美丽呀。"

他躺在黑色的木箱里，这是吸血鬼表示自己心情不好的方式。他的脸颊好像是被揉碎的纸，眼睛里投射出心里伤心的信息，他在箱子外钉了一张告示，写着"失恋中"。

他妈妈对他说："傻孩子，别担心。我们都看过其他的例子：王子和牧羊女的结合，牧羊人和公主的结合，还有猫和老鼠。所以，为什么不能有吸血鬼和小女孩的结合呢？"

"天哪！为什么要爱上别人呢！那天晚上，为什么我的脚没有受伤，这样就不会出门了！恋爱真是伤神，整个人就只想着这件事！我多么希望能和她在一起，牵着她粉粉嫩嫩的小手，听着着她的笑声，看她眼神发亮。"

夜晚时，他又来到玫瑰家附近，躲在墙的后面，把自己藏起来，朝窗户那儿偷偷地看着。他只希望能看到一小块粉红色的帷幔，一点点微笑的脸，一点点的蓝天。

小吸血鬼在黑色的天空下幻想着。有一天，他们结婚时，粉粉的小女孩穿着白色的婚纱，头发上插满美丽的花朵。他将会穿上一套乳白色帅气的西装，衬着他那像珍珠一样洁白的牙齿。可是当他醒来时，生活还是和以前一模一样。在那长长的木箱里，他心事重重，整个人沉浸在悲伤里。

他尝试了各种不一样的方法来化解悲伤。有一天，在脸颊上涂上一点粉红色，另一天，把自己的爪子藏在羊皮手套里，用力合上嘴巴，想要藏住那两颗野兽的犬齿。又有一天，他放了一颗小丑的鼻子在他灰色的脸上，真是令人伤心地想哭。

又有一天，小吸血鬼比以前更靠近玫瑰的窗户。他吓坏了。玫瑰正在做噩梦，她在睡梦中哭着，大叫着。他对自己说："是我出现的时候了。反正我也不会比噩梦更吓人。"

正在玫瑰要大叫"妈妈"时，小吸血鬼进到了她的房间里。她睁大眼睛。

“啊,竟然有这种事!你在这里干吗?你怎么会进到我的房间里来?”她说。

“不用怕,因为我不会伤害你。我是一位善良的吸血鬼。我是来帮你的。千万别拿出大蒜和十字架。”小吸血鬼用颤抖的声音说。

小女孩“噗哧”一声笑了出来。她笑着,她就这样笑着!眼睛里还含着泪水,她说:

“你的乔装完全失败!你不是个吸血鬼,你是个小男孩!”

小吸血鬼非常惊讶:她竟然没有尖叫,反而是大笑,还跟说他是一般的小男孩!

“我认得你。有时候,我在街上遇见过你,或是在梦里吧。我一定在哪儿见过你。如果你真以为你是吸血鬼,那就错了。吸血鬼都长得很丑,而且看起来很伤心的样子。他们没有像你一样,你有一双发亮的眼睛。”小女孩说。

小吸血鬼觉得自己脸上有一阵热,你有点是灰色里的粉红色。小女孩皱着眉头,把小吸血鬼男孩带到镜子前,指着他那张灰灰的,像揉碎的纸一样的脸,说:“我的朋友,你要多晒晒太阳,让自己看起来健康一点。你一定常常躲在家里,不跟人来往。明天,你来找我,我们一起到花园里玩,晒晒太阳。”

小男孩很惊讶地看见镜子里的自己!这是第一次发生这种事。

“我以为吸血鬼不能在镜子里看到自己。”他说。

“有时候,我们会误以为自己是吸血鬼,又丑、又伤心的样子,可是,这只是一种错觉。”小女孩回答说。

她在他的鼻子上轻轻地吻了一下。

隔天,小男孩和小女孩一起在花园里玩。小吸血鬼晒了一身健康的颜色,双眼发亮,充满光明的样子。而他的牙齿,很奇怪的,开始不断地缩小,缩小,最后竟然变得像珍珠一样!

“你看吧,我早就跟你说过了。我总是对的。”小女孩一面说,一面把手伸向他。

两个人都笑了。

一个把自己当成是吸血鬼的小男孩的故事就这样结束了。如果这不是真正的邪恶吸血鬼转变成了小男孩,那就一定是因为他爱上了一位美丽粉嫩的小女孩的关系!

给父母亲的话

◎ 爱情故事 ◎

儿童之间发生爱情并非少数。从幼儿园开始，可以看到四至五岁的小孩手拉着手，谈论他们的“未婚妻”或“未婚夫”……更晚一点，在“潜伏期”时，也就是六至七岁时（这时期欲望还未被唤醒），小孩却已经会对非同性的孩子反应出喜欢和厌恶的情绪：“我讨厌女孩子/女孩子都很笨”，“男孩子都很白痴”等。这些反应只是为了掩饰内心里产生的对异性的好感。根据社会心理学家阿尔贝罗尼（Alberoni）（专攻爱情）的看法，事实上，小学一二年级的小孩，有将近百分之七十的孩子都喜欢过和他们同年龄的孩子。

忽视这一类恋爱是不对的。小孩子之间甚至会发生一见钟情的事（就像故事里叙述的一样）。

儿童之间，爱情式的友谊有时候对他们的成长是非常有帮助的：就像心理分析家克力斯汀·奥力维（Christian Olivier）所指出的那样，两个个性害羞的孩子在一起会亲吻对方，彼此互诉心事……这样能帮助他们融入团体里。

面对这样的情况，一定要避免一般大人常常会有的态度：轻视、丑化、用嘲笑的口气来说这件事。

胆小的孩子

在潜伏期的年纪（七至十二岁），孩子们都希望能被同年纪的孩子喜欢和接受。有时，他们会觉得自己又糟糕，又丑，又不起眼，太矮小，有点像白雪公主里的小矮人一样……

这些低估自己的孩子都会产生严重的不安全感：会觉得一定没有人会喜欢自己。对自己没有信心。就是因为如此，当面对一些新事物时（新的运动，或是……初恋），就会有一些胆小的行为出现。

给他们很多的爱和建立对他们自己的信心是很重要的。不过同时也要避免过度保护他们或对他们要求太过严格。因为这样他们反而会觉得:“只有当我考试成绩好时,大家才会喜欢我。”

当然,也要避免什么事都替他们做得好好的。这只会使情况更糟:他们觉得自己什么都不会的感觉会越来越严重。最好是远远地看着他,给他鼓励,让他感觉到我们非常地以他为荣。

重要句子

◆“快点,去吧!你做得到的……”

◆“我对你有信心。”

◆“你一定可以的。”(而不是:“看看你,这傻小子!”,“你怎么像个女孩子一样害羞”等)

相关阅读

给小朋友说故事:《艾丽斯是多情的蚂蚁》(P121)。

有关性爱方面:《野兽爱情》(P117)。

6. 爱生气的王子先生

很久很久以前,有一位年幼的王子非常爱生气。他会突然间发怒,整个人都变红、变绿,然后变紫,全身紧缩、痉挛!当他诞生在皇宫时;发出的第一声就是生气的怒吼,非常的大声、尖锐。皇后听到这叫声时,叹气地说:

“我的天哪,这孩子一定不好带。将会是个十足的暴君!”

难道是他当时听到了这句话?千万不要轻视小王子们的智力。

这位王子不会放过任何发飙的机会。当他想要薯条,却得到意大利面时;或当他想要意大利面,却拿到薯条时;当要带他去电影院,他却想去游泳时;当要带他去游泳,他却想去钓鱼时;当要带他去打猎,他却想看书时,这时整个皇宫上下,甚至邻近的城市,都会听到他大叫“不……要……!!!”真的是一场暴风雨,天然灾害。所有的流动商贩都赶紧回家,躲在床底下,把耳朵塞住;兔子,狐狸,所有的小动物都赶紧逃到方圆百里之外;连玫瑰花也都卷了起来,为了不要听到这些可怕的尖叫声。这里还必须要提到,皇宫的玻璃都震碎了,有时甚至连人的耳膜都被震破了。

为了保护大自然和人类,只好把王子带到皇宫最高的塔里,除此之外再找不到任何解决办法。在那里,他可以把自己关起来,尽情发泄怒气而不会造成任何损害。发泄过后,王子筋疲力尽,他会沉沉地昏迷两天。这时才把他带到房间里。在床上醒来后,他会声音沙哑地问:“天哪,我在哪?发生了什么事?”

久而久之,大家都叫这位脾气暴躁的小孩“爱生气的王子先生”。也因此原本只是偶尔发脾气的他,变得越来越容易生气了。除了发脾气之外,他不知道还能做什么?因为既然被称为“爱生气先生”,当然就得要实至名归!常常也是同样的方式决定了许多人的命运,例如叫人“害羞先生”、“任性太太”,结果,被这样称呼的人就这样被定型了!因为这样要比尝试做一个不会乱发脾气、任性、过分害羞、安静的小孩更容易。

他们试过各种方法想要消除王子爱发飙的个性:给他喝有镇定作用的洋甘

菊茶、给他吃安眠药、让他泡羊奶浴……可是都没有效果，这些尖叫声还是继续打扰着流动商贩、狐狸、鼬鼠和玫瑰花……

有一天，有一位仙女在果园里散步，她四处撒着仙女粉末，希望植物能赶快长大。这时王子的尖叫声差点震破她的耳膜。

“天哪！到底是谁敢这样伤害别人！”

她塞住耳朵，飞来飞去，直到找到罪魁祸首。她发现一位又红、又绿、又紫的小男孩，全身痉挛，缩在一起，被关在一个高塔里，就像把自己封闭起来一样。

“不要再叫了！真是令人受不了！你知道这样你自己会很难受吗？你正在伤害你自己。”仙女气呼呼地说。

小王子惊讶地闭上嘴巴：这是第一次有人想到他，问到他的感受。

“我要跟你做个交易。一天，就只要一天就好，但你要试着不要发脾气。”

然后她从隐形的口袋里找出一小张纸。爱生气的小王子打开纸，念着上面写的字：“可完全停止生气的免费票。”

“这是一张有魔法的票，下次，当你很生气的时候，就把它从口袋里拿出来，打开它（你至少要花六秒钟做这件事），深深地吸一口气。再念念它，然后你就会看到效果；第二次，当你非常生气时，你再从口袋里拿出它，再深呼吸一次，怒气就会比较容易平息。然后，第三次时，因为你已经习惯了，你就不再需要我这张纸。”仙女解释说。“我跟你打赌，只要你非常希望克制情绪，只要努力地深呼吸一下，你的怒气就会自动平息。我没有要求你做不可能的事，我只是请你试试看，然后告诉我，不再乱发脾气后，你的生活有什么不一样。”她接着说。

然后，小仙女往空中飞去，而王子则沉沉地睡着了，因为他刚刚才发了一场累人的脾气。

离下一次生气的机会并不远。有一天，因为外面天气非常非常冷，他妈妈要求他赶快进到屋里来。他觉得自己快要发火的时候，想起了仙女的话。他怀疑了一下自己当时是不是在做梦，可是很快地，他拿出了那张有魔法的纸。在打开它时，他非常用力地深呼吸，从一数到六。接着，神奇的事情发生了——怒气就这样在内心里安静地消失了。不会气得发红、发绿又发紫是多么舒服的感觉呀！就让它这样消失，不要反抗，不要那么强硬，不要让自己痛苦的感觉多舒服呀！而且，也明白没有什么重要的事可以让自己气成这样。“因为事情都是如此：太在乎某些事才会这么生气。”小王子想着。

几天之后，第二次要发脾气时，他又用了“对抗愤怒的票”。这又是一次舒服、轻松的感觉。他再也不会陷入沉沉的睡眠中，做梦或做噩梦了。他的妈妈非常吃惊，想着：“终于……他终于长大了！”

刚开始时，很奇怪的，他还会有点想念发脾气的感觉，因为如果已经养成了习惯，就很难一下子完全改变。可是经过两到三次的尝试之后，他觉得生活变得轻松许多，而且不会像以前那么累了……连妈妈也变温柔了！

接着，需要给爱生气的王子先生一个新的名字。要怎么称呼他呢？“温和先生”？好像有点短。“小可爱先生”？又有点可笑。“比生气更厉害的先生”？又好像不是给人的名字。为什么不简单地叫“先生”呢？但不管叫什么，他真的是长大了……。

给父母亲的话

◎ 耍脾气 ◎

有时，耍脾气的行为会一直持续到五至六岁。为什么会乱发脾气呢？有些孩子的个性很容易生气（因为太固执了），有些孩子却不是。有些孩子爱生气的个性还会越来越严重。为了拔除这些随时都可能爆炸的引爆线——可能会发生在街上，超市里等，每一个妈妈都有自己的方法：分散孩子的注意力，将愤怒转变成大笑——

当做得到时——甚至会走到一边去，让孩子发泄个够。很难要他不留下一些生气的痕迹，没有表示一点内心不快就对您让步。

反正不管在任何情况之下，要避免像故事里一样，叫孩子“爱生气先生”或“爱生气小姐”。这只会将他贴上标签，强化他这种个性……最后，反而使他的脾气更暴躁。

“超市型”的任性

所有的父母都曾有这种经验：“小暴君”在超市里哭闹个不停。这是有逻辑可循的：看了太多的广告，小孩是很容易受广告噱头吸引的。

如果屈服于他们的冲动和欲望，慢慢就会形成一种习惯，给他们一种想法：我想要什么，我就一定要得到。然后当我们拒绝他的要求时，他就一定会大闹特闹一番。而且，对他的任性让步，就是让他的欲望从梦想落实到一般的现实中。最后，糖果也仅仅只是糖果而已……立即满足他的欲望，不但对教育他没有什么益处，而且，大部分结果都是令人失望的！

法兰克斯·朵乐多(Francoise Dolto)大体上认为，会要糖果的孩子只是为了要获得爱和关注……要让他留有幻想！朵乐多建议：与其真的买糖果给他，不如跟他叙述想象中糖果的味道、颜色，他们也会跟着想象。这时孩子会忘了想要糖果的事……可是他会感受到说话的乐趣！这是带领孩子从实际进入到想象的最好例子，从想得到甜的糖果到认识一些形容点心的词汇。

为了教导他们控制欲望

可以给他们一本“欲望的笔记本”，他们可以在里面记下每天想要的玩具——这可以作为圣诞节礼物或生日礼物的参考等。

再长大一点，可以时常提醒他零用钱的合理运用：“你不想把钱存下来买更好的东西吗？”等。

重要句子

◆“人长大了，就不会乱发脾气。”

◆在带他一起出去买东西时：“今天我什么都不会买。所以不用再跟我要。懂吗？”

◆“如果你生气的话，只会让自己难受。这是你自己的损失。你哭闹，只会让自己痛苦。”

◆“我没有预算要买这个东西。我没有钱买这类东西。在买东西之前都要好好想清楚。”

7. 不想长大的米娜

在仙女的世界里，当小宝宝长大时，他们将会收到仙女学院所送的魔法棒。对这些小朋友来说，这一天是个非常重要的日子，因为她们终于可以开始学习最神奇的魔法了……但是有一个条件，就是不能再含奶嘴，也不能一直拿着最心爱的娃娃。

五岁时，米娜还是个非常娇小的仙女，比小指头还要小，而且总是噘着嘴，非常的任性。米娜讲话还有着很重的儿语：她会把马说成“哒哒”，把仙女叫“飞飞”，把魔法棒说成“棒棒”，不会有礼貌地说：“我可不可以要……”总是说：“我要。”有时还会气得满脸通红，把翅膀缩成在赌气的样子，什么都不肯做。总之，她还像个十足的仙女宝宝！

“这很正常呀，因为她还是个小孩子。”他的国王爸爸说。他总是太纵容米娜了。有时对她的任性和发音的错误都只是一笑置之，甚至还觉得很有趣。

可是让仙女皇后最担心的，就是看到米娜还一直拿着奶嘴。米娜晚上睡觉时当然还是含着奶嘴，可是就连晚上当她说好累时，还有跟父母说再见时，跟仙女保姆道早安时，到仙女学校上学时，都还是含着奶嘴。而且，过了不久后，就连吃饭、洗澡时，也一样。总而言之，任何情况下都含着那该死的小东西！

米娜是那么喜欢她的奶嘴，每天早上她都会用布擦拭奶嘴，就像仙女们擦拭她们的魔法棒一样。事实上，她和奶嘴的关系就像阿拉丁与神灯的关系，就像其他故事里的人物与金鸡蛋的关系，好像奶嘴是个宝物一样。

米娜的妈妈看米娜即将满五岁了，希望能尽快改掉她爱吸奶嘴的习惯。她翻遍了所有伟大的魔法书，找了很多法术，比如“见鬼，来吧，走开，奶嘴！”的法术，还有说“灰姑娘的教母”的法术，这个法术可以把奶嘴变成一颗大南瓜。还有会飞的小东西，下毒的奶嘴的法术，或是在奶嘴上涂芥末的方法……

可是都没有用。米娜还是吸着她的奶嘴，就像她还说着“哒哒”、“飞飞”和“睡觉觉”一样，大家开始怀疑，是不是这个塑料奶嘴妨碍了她使用像五岁仙女应该有的说话方式。

在三四天之后，一个美丽的春天的早晨，米娜家收到一封信，是由一只粉红色的和平信鸽送来的。这是撒了会发亮的仙女粉末的一封美丽的信。米娜低着头，皱着眉头，跺着脚。她非常清楚发生了什么事：他们会要求她长大，丢掉她的奶嘴。而她妈妈这边，则开心得不得了：

“亲爱的！就是今天这个伟大的日子！这是仙女学院给你的信！”

米娜的妈妈眼睛里充满了泪水，因为看着自己小孩长大是一件令人感动的事。因为太开心了，她亲了一下粉红信鸽，于是这只信鸽马上转变成美丽的仙女克萝雪特。至于那封粉红色的信，则变成了一支魔法棒。

“你好，米娜，你知道我今天是带魔法棒来给你的吗？”克萝雪特仙女说。

“嗯。”米娜不高兴地应声。

“那你知道仙女学院的规定，是吧？”

“是的。”米娜又不高兴地应声。

“如果你收下了魔法棒，就得要丢掉你的奶嘴。魔法棒可是不给还含着奶嘴的仙女宝宝噢！”

“我宁愿保留我的奶嘴。”米娜赌气地申明。

“啊！怎么可能！居然会有这种事！我可是第一次听到！”教母仙女笑着说。“我可以肯定，如果你问人类世界里的小女孩，要她们在魔法棒和奶嘴之间做一个选择，她们一定毫不犹豫……她们会想：‘奶嘴一点也不神奇。可是有了魔法棒，我可以得到许多东西！’这就是所有小女孩心里想的。”

米娜心情不好地跺着脚。

“我要魔法棒可以干嘛？”

“有很多很棒的事可以做！”

然后，克萝雪特仙女用魔法棒点了一下，在她面前变出了一本《所有伟大仙女的重要作品集》，里面记载着所有最神奇的魔法：

——送给无法生育的爸爸和妈妈小孩。

——向新生小仙女施幸运魔法：让她有好心肠，漂亮，有一双美丽的眼睛，非常的聪明……

——对抗因没有受邀出席受洗典礼而心生嫉妒的仙女所施的魔咒。

——把南瓜变成马车，为了替一位可怜的孤儿伸张正义。

——把小老鼠变成马车夫。

——在地球上维持正义。

——收容一位要睡上一百年的小女孩。

送信的仙女盖上这本《所有伟大仙女的重要作品集》，双眼发亮。“现在，你觉得如何呢？你想要保留仙女宝宝的奶嘴，还是想得到这个神奇的魔法棒？”

米娜最后承认她还是喜欢魔法棒胜过奶嘴。她的妈妈感到非常骄傲，把她抱在怀里说：

“现在，你真的长大了！我们两个可以一起好好施展我们的法术了！”

就这样，米娜从仙女学院那里得到了一枝白色和粉红色相间的、非常漂亮的魔法棒。她双眼发亮地盯着这支魔法棒。

你可以相信我，从这天开始，她一点都不后悔放弃了她的奶嘴。因为她发现最难的事是下定决心把它丢掉——决定要真正地长大！

“来，米娜小姐！要开始用功了！要想真正长大，只下定决心做一个大女孩是不够的，你将要在我们的世界里学习很多有趣的事。”

然后，克萝雪特仙女又用魔法棒点了一下，为她打开了一本《仙女宝典》，这是让所有小仙女变成传说中那些伟大仙女的书籍。

给父母亲的话

◎ 儿童期前的最后防线：吸大拇指或奶嘴 ◎

要他和奶嘴或最喜欢的娃娃分开是非常非常困难的。在婴儿时期，父母亲给孩子奶嘴只是为了满足他想要吸吮的欲望，他们万万没想到三四年后，甚至更久以后，会让孩子养成依赖奶嘴的坏习惯。

为什么会这么迷恋奶嘴？

这是因为他需要确定自己还是小孩。在进入儿童期（已上幼儿园，家里有新宝宝出生等）。的某些阶段，他会出现这种退化行为。我们可以发现有些六七岁的小孩，一从学校放学回来，就马上开心地去拿他们最喜欢的娃娃或是奶嘴，这正是他们确定自己还是小孩子的一种方式。

如何改掉这个习惯？

要限定小孩子可以含奶嘴的时间。禁止在吃饭前或洗澡时吸奶嘴。当然，一定要严格禁止他一面说话一面含着奶嘴。目的当然是要限制他睡觉时吸奶嘴。

给他一个特别的盒子（或在他床边放一个袋子）：这是“奶嘴袋”，早上起床的时候，要他把奶嘴放在里面，一整天都不能用。

不要再买一堆奶嘴存放在家里。相反，我们要尽量忘记将它列入购买清单里。然后，要忍耐小孩子第一个没有奶嘴的夜晚，因为他很可能会大哭大闹地让你睡不好觉。

有时候要奖励他，如果他能有五到六天时间都没有再吸奶嘴，记得送他礼物。这时，要选择一些适合大孩子的礼物（一本小的百科全书、一张可学习到知识的CD等），这样可以让他们更为清楚地认识到自己正在成长，已不再是一个需要吮吸奶嘴的小孩子了。

重要句子

◆"当嘴巴含着奶嘴，嘴就像是被封起来了，这样会妨碍说话。然后，就会变得不知道怎么说话了。"

◆"对一些还不会说话的小婴儿还可以。可是你已经会说话了。如果你觉得高兴、伤心，都可以用说的呀！"

◆"要长大，需要放弃某些东西。例如，纸尿布或奶嘴……"

8.克萝雪特仙女想变成轻飘飘的仙女

总有一天,小仙女们都会长大。在这一天她们会拥有魔法棒、仙女粉末,开始进入真正的仙女世界……大部分小仙女应该都非常高兴。有谁不是呢?可是并不是每个人都一样。有时,她们一点都不想长大……

小仙女克萝雪特刚刚过完她十岁的生日。她在魔法镜子里看自己,发现自己变了。白色裙子的袖口变得很紧,鼻子上长了几颗青春痘,肚子有点大。

"这样算是仙女?"她对自己做了个鬼脸。

因为在她的脑海里,已经有仙女克萝雪特在枝头飞来飞去的形象。

"这样的身材不能够让我优美地飞翔。"她觉得自己像大布袋一样重。

她一脸伤心地叫出教母仙女,在镜子前面,让教母看她小小的胸部,屁股,还有身体其他变胖的部位。

"这些,肯定又是驼背仙女搞的鬼。"小仙女难过地说。

你知道的,教母仙女都有点健忘,而这位教母仙女又更严重些。

"啊,我真是笨!"她笑着说,一面用魔法棒敲着自己的头。"我忘记告诉你,你将会长大,变成一位女人仙女,你将会有美丽的胸部、屁股,及剩下所有的现象。这和黑魔法或驼背仙女一点关系都没有,而且,完全相反,是你能使用魔法棒的时刻来临了。"

"可是这太恐怖了!这是一场大灾难啊!这是世界末日!"克萝雪特吃惊地说。她总喜欢用一些夸张的字眼。"我要一直都维持小仙女的样子,有着小小的翅膀,总之,就是可以轻飘飘飞着的仙女。"

教母仙女笑着说:

"魔法棒可是个大礼物。想想看,你可以用它来做很多事情!你将会被列入童话世界里!"

面对这个灾难,克萝雪特把头埋在双手之中。

"可是十岁还太小!"

教母仙女坐在云上，一副迷惑、心不在焉的样子，说：

“是啊，十岁，还这么小……我还没看到你有长大的样子……可是每个小仙女的情况不同。有些要在十二或十三岁发育完成。有些在十五岁，有些是在十岁时！至于你，长大的时候是……”

小仙女皱皱眉头。

“童话故事里从未谈过这个问题！而且也忘了说，有一天，所有的克萝雪特仙女都要长大，变成女人仙女。有着肚子、胸部和屁股……就是变成女人的样子！你看，所有童话故事里的仙女、驴子的外衣、灰姑娘，还有《睡美人》里的仙女都是女人！就和我一样！”教母开心地说。

现在，只剩小仙女自己一个人，面对着自己笨重的身体。而且，这也是她第一次非常仔细地看着自己的身体！当她恰巧在神奇镜子里瞥见自己的身影时，她吓了大一跳！凹凹，凸凸……“凹凹，凸凸，驼背仙女。凹凹，凸凸，驼背仙女。”她喃喃自语地说。而且她的朋友都那么瘦，裙子都直直松松的，她们没有胸部，也没有屁股。这些长出来的肉就像是一场一场的灾难。

“一定要禁止这一切，魔法棒只好算了，我不要长大。我要变得非常微小，像羽毛一样轻。”她想。

首先,克萝雪特很快停止吃蛋糕,她告别了奶油蛋糕和水果蛋糕。然后是糖果、口香糖、果冻。她想,这样的话,她的胸部就不会再长大了。然后,她也不吃面条、面包、马铃薯……她想,这样的话,屁股就不会变大了。接着,她也不吃鱼、肉、蛋了。她并不是刻意要节食,可是,她的意志左右着所有的事:半块羊排,一百六十卡路里,太可怕了。一粒米,有零点五卡路里!刚开始时,当然,她会觉得饿。可是后来胃变小了,她就再也不觉得饿了。真是太神奇了!她越是不吃东西,她就变得越是轻飘飘的,她越觉得高兴,就越有动力。她又可以再一次穿上小仙女的洋装了。有一天,她开始吃冰块,笑着说:“零卡路里,零脂肪!太好了!”就这样她瘦了五千克,然后六千克,七千克,然后,十千克。她瘦的程度太惊人了,结果身体一点力气都没有,可是她很高兴又变回了小女孩,体重非常的轻,就只有两粒半花生米的重量,或是麻雀翅膀羽毛四分之一的重量。她很高兴自己能够找到一个方式来阻止身体的长大。

当教母仙女看见她的转变,忍不住惊呼:

“我不能给你魔法棒。不可能的!真是太可惜了!”

要怎样向克萝雪特解释魔法棒是上天给的礼物呢?有了魔法棒,她就能变成一位伟大的仙女,把灰姑娘变成舞会里的公主,把青蛙变成王子,保护睡了一百年的睡美人,还可以送宝宝给无法生育的父母……

要怎样向她解释我们无法抗拒会长大的事实,而且长大是件好事?活着就是长大,然后变老——这就是人生?

当然,我们不是活在一个神奇的世界里。克萝雪特没有马上又开始吃东西,她开始慢慢转变了:从冰块到一杯牛奶,从优格到马铃薯泥,从马铃薯泥到肉排,就像婴儿开始学吃东西一样。这一天,她的教母双眼发亮地等着她,手上拿着刻有她名字的仙女棒,和仙女粉末……

“就是现在,一切都开始了。你已经长大了。你将要实现一些美丽的事!欢迎到我们的世界里来……”教母轻声地说。

就这样,克萝雪特进入了魔法世界,女人仙女的魔法世界。再晚一点,她将成为妈妈仙女,她将会叙述她自己也是有一点不能接受要长大的事实……可是从她拿到魔法棒的那一天起,老实说,她一点都不后悔!一秒钟也没有!

给父母亲的话

◎节 食◎

在法国，有5%至13%的青少年(尤其是女孩子)会节食——甚至到有厌食症的地步。这种疾病会导致很严重的后果。而且发病率有越来越早的趋势。

社会风气是所有罪魁祸首之一：在伸展台上完美的模特儿都是非常的瘦，对自我克制的女性的称赞，或将厌食视为生活艺术的一种……

小女孩越来越早接受时尚流行的讯息(八岁左右)，而且很容易受到影响。医生们发现：从八岁开始，小女孩开始担心自己体重的并不在少数。还不包括那些要求去上游泳课，或健身房的孩子……因为他们不敢在别人面前展示身材。而且，正常认为丰满的标准有严重下滑的趋势。

通常，厌食症小孩就像是只被变成蝴蝶前的转变所吓坏的小毛毛虫。她们拒绝女性的第一特征，尽可能努力地控制这些进入青春期前的内在转变。

然后，很快地，她们就陷入了一种自己也无法控制的漩涡里，一种可怕的恶性循环……而且，厌食症者常常会在节食时得到某种快感。

提早发现

当然，即使她还是个小女孩，也要避免一直把焦点放在她的身体上。不要总是说她有“小肚子”或说她“胖胖的”。

一开始，就要对他们灌输“好好吃饭”的原则：要多吃绿色蔬菜、乳制品等等。要严格禁止他们待在电视机前吃薯片，或吃一整天的零食。如果她们不是很胖，就不会想要减肥。

要试着让她明白吃饭的乐趣，还有一家人在一起的乐趣。

禁止青少年节食(青春期前的孩子就更不用说了)。如果她们的体重超出了正常标准，要听从营养师或营养学家的建议。

如果小女孩开始计算吃最少的米饭，吸收最少的热量，这时就要开始担心了。

重要句子

◆“如果你不吃东西,就会没有力气,你就什么事都做不了。”

◆“长大,是为了能更自由,更有责任感。有点像是可以做所有我们想做的事。可是为了要能这样,一定要有体力才行。”

◆“模特儿都是一些衣架子。她们只有在伸展台上做服装表演时,或在照片里才好看。当我们面对面看见她们时,会很惊讶:她们怎么这么瘦!”

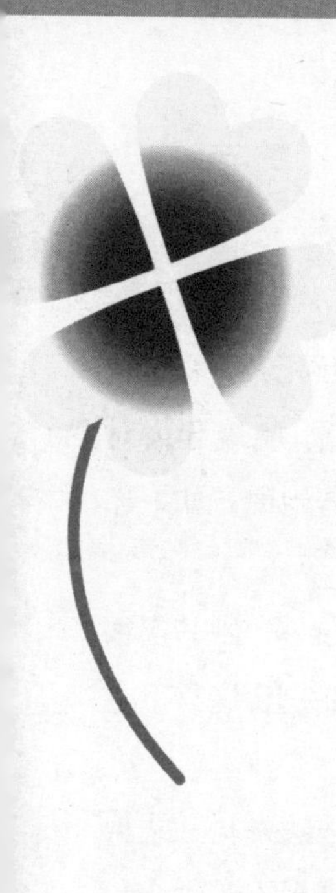

Ⅶ 虐待与性侵害

1. 劳拉和恶心的大老鼠

和每天早上一样，劳拉打开衣橱，想要拿出一件裙子。吓死人了！猜猜看，她在里面发现了什么——一只下水道里的大老鼠，呲着牙齿对着她笑。劳拉想大叫，可是这只大老鼠用枪顶着她的太阳穴，警告她说："如果你敢叫，我就毙了你。如果你敢检举我，你就死定了。"

劳拉因此不敢说一句话，紧紧关上衣橱，也把自己完全封闭起来。她其实很想用锁把衣橱牢牢锁起来，然后忘记这件事。可是，每天早上和晚上，这只下水道的大老鼠都会用头用力撞衣橱的门，一直到她打开为止。

每天当她打开衣橱的时候，大老鼠都会在那里。劳拉只好一边发抖一边换衣服，一句话也不敢说。为什么呢？也许是因为这只下水道的老鼠不是个小孩子，而对于这些从下水道出来的大人，必须要服从他们，不是吗？这是劳拉脑子里想的。

有一天晚上，大老鼠不怀好意地对她说："我要当你的宝贝，每天晚上你都要亲亲我。不然的话，小心你的屁股。"

劳拉哭了，可还是亲了他，这让她觉得特别难以忍受。她已经分不太清楚什么是让人讨厌，什么是令人愉快的事了。因为，就像我们刚刚说的，她已经把自己完完全全地封闭起来了。当然，大老鼠一定是非常得意，他一面抽着雪茄，一面对着她说：

"可爱的小女孩，你每天晚上都要亲我。我要你亲我，也要求你一定要亲我。"这只下水道来的大老鼠总要求一些不可思议的东西。

"喂，帮我洗我的臭袜子，然后把它们晒干。我要你给我你所有的娃娃，在衣橱里太无聊了。"他说。

有一天，大老鼠又说："带糖果给我吃，还有你的蛋糕、饭和薯条。"

劳拉都照着他的话做。还给他喝牛奶，给他下午四点的茶点、晚餐和所有她早上、中午和晚上吃的东西。

另一天，他跟她要睡眠，还有她那充满粉红色彩的美梦：身为一只下水道的大老鼠，只会有一堆可怕的噩梦。他把灰暗的噩梦都塞给劳拉，而她却给他所有粉红色的梦。

劳拉的父母开始担心起劳拉了。因为他们看着她越来越消瘦，后来又看着她失眠，却不知道劳拉把所有一切都给了这只下水道的大老鼠(劳拉叫他“恶心的老鼠”)。

有一天，劳拉真的变得太瘦弱了，这都是因为她什么都没吃，又要亲吻大老鼠。她知道如果她再不说出来，后果会很严重。所以她去跟她妈妈说：“妈妈，我有事要跟你说，是有关一只恶心大老鼠的事。”

她把所有的事都告诉了她。妈妈真是吓坏了，开始哭起来。这些眼泪是自从劳拉决定自我封闭，把自己与外界隔离以来所忍受下来的眼泪。现在，她们两个人都觉得舒服多了。

那天晚上，当她打开衣橱的门时，劳拉发现下水道的大老鼠不见了，只留下他那双袜子，还是她曾经帮他洗过的那双。这双袜子看起来这么小，劳拉忍不住皱起眉头："怎么会这样呢！恶心的老鼠怎么会有这么小的脚……原来他是这么微小！"

她本来以为他非常高大，以致她无法和他对抗……可是原来只要她把事情跟妈妈说，这只老鼠就会二话不说地赶紧逃离衣橱！这真是一只可恶又恶心的小老鼠，她再也不怕他了。

"劳拉，你看。如果有人要你为他做什么事，你一定要问问自己是否真的想做。如果在你内心深处，觉得很勉强，或觉得被侵犯了你的身体，你就应该不去接受，至少在找人谈谈之前，千万不要接受。不论是某个马丁，下水道的老鼠，或是只鳄鱼……就算是个大人也不可以接受。"妈妈对她说。

她还说："如果明天，你又在衣橱里看到什么东西，记得一定要告诉大人。告诉我、爸爸，或是你的教母、老师……都可以！如果在路上有人要威胁你，你要赶快跑到另一个大人那边，或进到一间店里面去，都可以。没有一个小孩是可以任凭下水道的老鼠欺负的。懂吗？亲爱的？"

"我知道了。我也答应你。"劳拉说。这个保证让大家都安了心。

当天晚上，劳拉又可以吃到她的米糕、糖果、鸡肉、薯条，拿回她最喜欢的玩具了，也渐渐恢复了好气色。可是，还是有好长一段时间，她仍然受过去那些灰暗的噩梦所困扰，觉得周围到处都充满了下水道的老鼠和威胁。因为，这只恶心的大老鼠一定从劳拉那里带走了一些美丽的梦，要让这些美梦再重新回到她的梦里是需要一些时间的。

2. 雅格拉耶的大秘密

这是一只叫雅格拉耶的小老鼠。她有着粉粉的脸颊，穿着粉红色的连身裙和粉红色的鞋子。大家都说雅格拉耶非常迷人，有着纤细的脖子和小鹿般的大眼睛。很多人都会对她说："你是多么善良美丽又温柔啊！"还会说："以后你一定会迷倒很多人的。"而大家都在她妈妈面前，一面敲着食指，一面对她说："要小心你的老鼠女儿！她一定会让很多老鼠心碎！"雅格拉耶低着头，不太明白大家说的是什么意思。大家都说她"善良美丽又温柔"？却会使很多老鼠心碎？这些大人的想法真是奇怪。有时，她必须承认当别人眼睛发亮地看着她时，的确有些尴尬，还有，那些在她脖子上的亲吻，在她臂膀上的抚摸，及那些冒失的问题："你在学校有未婚夫吗？"

穿着粉红色衬裙的雅格拉耶旋转着身体，害羞地说：

"我长大以后，要当伟大的舞蹈家、电影明星或是歌剧演员。总之，要当世界上最美的人！"

"你有的是时间好好考虑这些，你现在才六岁。"妈妈回答说。

而对别人，妈妈会说："让她快乐地生活，她才只有六岁而已。"

可是却有老鼠不想让雅格拉耶快乐地生活。有一天，在一个阴暗的老鼠洞里，有一只老鼠抓住雅格拉耶，强吻了她。然后对她说："你是个善良美丽又温柔的孩子。"这是很多人都曾对她说过的话，可是却不是用同样的行为。雅格拉耶知道分辨两者的不同。她知道这位老鼠先生抚摸她的方式和其他人不同。这一次，这位先生还摸了她的屁股，还有她粉红色的身体。奇怪的是，这掺杂了对小孩的抚摸，还有大人之间的爱抚。虽然说的话是一样的，可是，说话的方式却不同：他在她的耳边轻声细语，就像是对着一位小姐诉说甜言蜜语。奇怪的是，她自己有一种恐惧与欲望混杂的感觉。而且，她当时并没有说不。我们无法对一位带领带的先生说不。当别人说我们善良美丽又温柔时，我们不能说不。这样可能会伤了人的心。当她回到家时，头脑一片混乱，身上也乱七八糟的。她把自己关

在她的老鼠洞里,开始好好反省,想着那位先生对她说的话:

“这是我们两个之间的秘密,如果你跟你妈妈说,她就会死掉,我跟你保证。”

就这样,那天晚上,在小小的老鼠洞里,秘密哽在她的喉咙里。刚开始时,就像是一个毫不起眼的小水泡。雅格拉耶心想,千万不能让它溜出来,一定要把它关起来锁上,这样妈妈才不会发生什么事情。

从那天开始,雅格拉耶变得沉默不语。尽管这样,她还是很怕会不小心说溜了嘴,把秘密说出来,伤了妈妈的心。晚上,她要求把她粉红色的房间锁上,以防她在睡觉时,不小心说出秘密。可是她又要求要一盏小夜灯,这样她就不是一个人孤单地守着秘密了。

从前,她总是活蹦乱跳,又开心又幸福。现在的她眼神呆滞,脸色苍白。她想:“谁也不知道会发生什么事。如果我动了一下,秘密也会跟着动,那这个小水泡就会爆炸。”然后,她沉思着,手臂环抱住膝盖,把头埋在胸前,秘密则是被好好地保护着。

在她喉咙里的秘密不断地胀大,占据了整个喉咙,使她不能笑也不能呼吸。在上课时,她不回答问题。下课时,她也不会笑了。然后,有一天,当她的朋友雅

玲娜笑着说,她看见她的爸爸妈妈在床上彼此爱抚时,雅格拉耶赶紧跑到另一边去,用手捂住她粉红色的耳朵,心跳加速。

雅格拉耶失去了说话的能力。而她自己很清楚原因是什么:就是那个大水泡在不停地胀大。

“无论如何,你一定要吃东西、说话,不然你会死掉的。”妈妈说。

雅格拉耶惊慌地看着她,想着:“可是如果我一说话,妈妈,你会死掉的。这是那位先生跟我说过的。”

当医生来检查雅格拉耶时,她把自己缩得更紧了,头埋在胸前,沉默而又痛苦。

“不,不,不。”这就是她唯一所说的话。

这些大秘密是有传染性的。就连雅格拉耶的妈妈也不会笑了,因为太担心的缘故。

“因为你都不说出来,这会让我难过死的。”妈妈说。

而雅格拉耶又想到那位先生说过的话:“如果你说了,你妈妈就会死掉。”大人说的话,到底哪个才是真的?

有一天,雅格拉耶得知,在阴暗老鼠洞里的这位先生,在另一个更深的洞里,被逮捕入狱。从那天开始,秘密决定要见天日了,气泡终于破了。

所有的话都像应该说出来的方式被说出来了,也就是说,同时在混乱的情绪和尖叫中说出来了。必须要把这些话好好整理一番:主词,动词,受词。“有人欺负我”、“有人对我不礼貌”、“有人摸我的身体, 屁股”、“有人在我身上做了我不喜欢的事”、“他跟我说你会死掉”。听到这些可怕的话,这下子换妈妈变成哑巴了。

“一定不能同意保守一个不是你的秘密！一定不能信任一个会摸你身体的大人,有些大人会对小孩子做不好的事,让小孩相信一些不可思议的事。如果有人抚摸你,让你觉得不舒服,一定要告诉另一个大人……马上说！跟我或爸爸说,或你的教母,或是朋友。不然的话,它会在你心里膨胀,变得越来越大。就像是一个伤心的大水泡一样。”

随着时间的逝去,雅格拉耶又开始着色、玩耍、画图、吃东西,和有次序地说话:主词、动词、受词。她的身体、心灵又再次恢复像运动家一样的弹性。不再有可怕的秘密了,她觉得非常轻松!不久之后,粉红色的小老鼠再一次有了少女的秘密。而这才是真正的秘密。这些由我们自己制造的秘密,而不是别人强迫给我们的。

给父母亲的话

◎ 预知性侵害 ◎

性侵害并没有越来越严重的趋势,并不样媒体报导的那样。可是这个问题却越来越受重视。

受性侵害的儿童平均年龄大约是十岁左右,不过受虐待的小孩的比例却增加了。

怎么跟他讨论这些事?

在二到四岁之间:只针对他生活周遭可能出现的问题。要特别解释说:"你现在可能不能明白这些事,可是对我来说,跟你解释这件事是非常重要的。"这也是一种不要让这种事被隐藏的方式。

四到五岁开始,每六个月左右要针对这类事情做提醒。可以利用阅读来传达这些讯息(被野狼纠缠的小红帽、拇指姑娘……或是"雅格拉耶的大秘密")。可以这样试探地问他:"如果有大人说你很可爱,想要抱你,你会怎么回答?"

从六岁开始,如果小孩要远行,远离父母,例如移民,我们要提醒他们:"除了爸爸、妈妈、医生、护士以外,没有人可以看你光着身子的样子,或当你洗澡的时候,进浴室里……"

要预先告知他们:"并不是所有大人都是好人。有些大人是'疯子'(特别强调这个字眼是很重要的):他们不会尊重小孩,会把小孩抱在腿上,然后抚摸他。"还可以提到有关法律的事:"如果有警察看到他,会把他关起来。"

在日常生活中要尊重他的隐私

要培养和尊重他的羞耻心（在五至六岁时，羞耻心开始发展）。当他在洗澡时，我们进入浴室时要敲门，要替他拉起帘子……

要尊重他的身体：如果他不想被亲，不要偷亲他，然后说："你不爱我了，你没有权利这么做。"有的，他有说不的权利。

在恋母情结时期（大概四至六岁时），小女孩会格外地外向。如果她翻起了自己的裙子，我们不要笑，而且要态度非常坚定地告诉她，我们不能接受这样的行为。"不可以这样。"

和孩子做个约定：如果爸爸妈妈没有事先告诉他的话，没有人可以来学校接他放学。在没有预知的情况下，要通知学校负责人，再由他通知父母。

告诉他明确的求救方法："如果你在街上受到威胁时，要赶快跑到蜜姝太太的面包店、香料店……"

重要句子

- "你的身体是你自己的，你有权利说不。"
- "你是自己的主人。"
- "秘密是没有好处的，除非是你自己的选择。如果有大人强迫你保守一个秘密，不管他怎么威胁你，你还是要说出来。"
- "你完全是你自己的主人。你才是老板！如果你不喜欢有人摸你、亲你，说'不'是你的自由。"

3. 小狼宇白与超级强壮的狼

大家都说小狼宇白很有教养，有一双明亮的眼睛和发亮的牙齿，这些都是有礼貌的狼宝宝特征。他们总爱盯着他们的鞋尖，在他们的毛皮下脸红，他们常说“谢谢”、“请”，并且含蓄地看着别人。当我们不认识他们的时候，会以为他们个性很害羞。其实，他们只是比较严谨而已。

有一天，小狼的爸爸决定要换工作。因此小狼就必须跟着搬家、换洞穴以及换学校。他的父母对他保证：“你看着吧，你很快就会交到新朋友的，狼的小孩很容易交到朋友，因为我们过着群居的生活。”

小狼心里想：“这是你们大人的想法！”他自己非常清楚，八岁这个年龄不是那么容易就可以在学校交到新朋友的。

第一天，他就在学校的操场上哭了。有着含蓄眼神的小狼觉得很孤单，尽管他的POLO衫和书包都是名牌酷狼。大家都知道：许多狼的孩子追求名牌，拥有名牌的东西会让他们忘记自己不是真的那么与众不同。所以，我们的小狼在烦人的操场上，迷失在惊讶、高兴、生气的叫声之中。你可以很容易地发现所有的小野狼都是两个、三个或一整群在一起，没有落单的，除了他之外。

突然，他注意到走廊的尽头有三只超级强壮的狼向他走来，嘴里还嚼着口香糖。“嗨！你好！同学，听说你有酷狼的书包。”

“你好。是的，这的确是酷狼。”小狼很有次序地回答。

其中一只超级强壮的狼，吹了个口哨说：“这是真的酷狼，看它背带上红色的荧光就知道了。因为你知道，有一些是假的。”

“是的，我知道有些是假货。”小狼骄傲地回答，把鼻子抬得高高的。

“喂，同学，你爸妈是不是很有钱？”里面最强壮的狼问。

小狼脸上泛起了浅浅的微笑，可是什么也没回答。因为他压根都不知道这些事。曾经有两次，他问妈妈他们算是富有还是贫穷，他妈妈回答他说：“算是富有，但也不是很有钱的那种。”还附带了一句：“对于一位有教养的小狼来说，这一点都不关他的事。”小狼因此不再问这个问题，而且觉得有关钱的事，在成人世界里应该是非常复杂的。

他看着他的运动鞋，一副尴尬的样子，他心里想着：“他们到底想干嘛？”在他们三个的热烈注视下，小狼觉得他的书包好像快要从肩膀上掉下来了！

这时，上课铃响了。第二个超级强壮的狼问他：

“你叫什么名字？”

“宇白小狼。”小狼回答。

“下课后在校门口见？”

“当然好呀。”小狼回答，这时他脸上满是微笑和泪水。

尽管这三只超级强壮的狼态度带着点侵略性，他还是忍不住想：“我找到三位朋友了！我找到三位朋友了！”

下午四点半时，这三位超级强大的狼已经在门口了，两手插在口袋里。当小狼到时，他们对他深深地鞠了一躬：“嘿！这是我们的超级酷狼！哇，酷狼和很酷的书包！”

其中一只最高大的狼给小狼看他那个背部都已磨损了的旧书包。

“我们来做个交易。我用我这个超级旧的烂书包跟你换酷狼书包。不然的话，我就揍扁你。”超级强壮的狼警告他。

小狼想要反抗，可是却看到超级强壮的狼手里有个会发亮的东西。这是什么东西？一把剪刀？一把刀？他只好乖乖地把书包里的东西都拿出来，然后一脸沮丧地把书包给他。

“太好了！你做得很好，要不然……”他对他做出一个要割断他脖子的手势。

隔天，小狼偷偷摸摸地从家里出来，因为怕妈妈发现这个新的烂书包。

日子一天天过去了，同样的事情在不断地发生。小狼的酷狼橡皮擦、莫列顿品牌的羊皮T恤、鸡肉口味的糖果、马尼克斯的遥控车还有每天带到学校的点心都没了。

怎么向这些手上有着会发亮刀子的超级强壮的狼说“不”呢？

不久之后，必须要给他们的东西越来越多：他偷偷从零钱包里拿出的钱，还有他妈妈的那对银耳环。

这些超级强壮的狼从没去过他家，却对他家里的东西一清二楚，因为他们详细逼问了小狼有关他的玩具和名牌衣服的情况。小狼都乖乖地回答了，因为妈妈不是告诉他，应该要有礼貌地回答所有人的问题吗？他就是以这样的方式屈服在这些超级强壮的狼的要求之下，也屈服在“如果你敢说，你就死定了”的威胁之下。

总而言之，难道这一切不是因为他是一只微乎其微的小狼？一只又可笑又没有能力交朋友的小狼？所以，以某些角度来看，要他这样付出也是很正常的。当他回到家时，狼妈妈用担心的眼神观察着他。对于爱你的人实在很难隐瞒他什么，小狼只好用有礼貌的微笑来伪装自己，说：“对呀，学校的营养午餐很好吃。是呀，我有乖乖念书。”但这是没有用的。当她们的小狼心里有很大的压力时，妈妈们都会感觉得到的。

每当小狼到学校时，他就会觉得肚子一阵翻滚的绞痛。在保健室里，他痛得全身扭曲。

“你的胃太紧绷了。我想你一定藏了一堆不可告人的秘密。”有一天，护士对他这么说。

“是鸡肉的问题。”小狼虚弱地回答。其实他心里非常清楚，这是因为害怕的原因。

恐惧已经开始侵蚀他全身，连胡须也不放过。要找出害怕的原因，妈妈也只能从偷翻他的零钱包里知道他害怕被打的恐惧，因为害怕所产生的害怕……

可是他还是什么都不敢跟爸妈说，他已经学会保守秘密。总之，这三只超级强大的狼一直威胁他，只要他说出一个字，他们就会要他的命。他们对他提过一位幼儿园的小狼因为拒绝交出他的点心所得到的下场。

有一天，当小狼快走到学校旁的栏杆边时，他看见了爸爸的车子，而爸爸正用着他一贯强而有力的声音，对着这三只超级强壮的狼破口大骂。

“啊！现在我完全明白了。一群小偷！一群没有用的东西！”

小狼拉长耳朵注意听着，他不敢相信自己眼睛所看到的！他完全愣住了。他看得很清楚，他的爸爸比这三只超级强壮的狼还要强壮！由于不断做噩梦的关系，小狼已失去了评判现实事物的标准。他想象这三只又凶又贪婪又超级强壮的狼，至少有两公尺高！有一天晚上，他甚至还梦到这三只超级强壮的狼拿着机关枪，在银行前威胁他爸爸！现在好了，他们在爸爸的面前看起来是这么弱小……小狼惊讶地睁大了眼睛，再次回顾这拯救了他的、伸张正义的一幕。

晚上，爸爸决定好好给小狼上一堂课：

“在狼的世界里，是有法律的！而法律就是，有些事可以做，有些事不可以做。偷别人的东西，说一些会有严重后果的话，欺负比自己弱小的人……都是不被允许的，是会被抓去坐牢的！小狼们，就算是非常有教养，也一定要懂得保护自己。这三只超级强壮的狼做了非常不好的事，他们都会受到惩罚。”

小狼拿回了他的东西，酷狼的书包，酷狼的POLO衫，还有酷狼的橡皮擦。他把这些东西好好地放在房间，再也不带到学校里去。从此以后，小狼觉得好多了！你可以看到他下课时在校园里……今天，他叫得最大声，笑得最灿烂。他再也不需要用那些超级名牌的东西来突显自己是只超级酷的狼了。而那三只超级强壮的狼再也不会来找小狼的麻烦了，这点我可以跟你保证……

给父母亲的话

◎ 勒索和名牌 ◎

根据美国的统计，每三个小孩就有一个受到勒索。所幸，法国还不到这种地步……可是勒索事件在高中及初中越来越频繁，这些和儿童消费者的出现，及暴力的增加有关（小学的学生都知道NIKE和ADIDAS的魅力）。甚至在幼儿园大班的小孩里，也会发生被勒索弹珠和点心的情况。

也要注意一些交换东西的事件。这是勒索的变相。因为有时比较高大的孩子也会利用弱小孩子容易相信别人的特性。如果你的孩子从学校里得意洋洋地回来，他的旧原子笔却变成有四种颜色的彩色原子笔，还交换了一个新书包，这时就是该有所行动的时候了……

会被勒索的小孩的特征

当然，勒索者一定不会找那种头头，或看起来很有自信的，或是有一群死党的人下手，而是会针对一些看起来很弱小的新生。

被勒索的人可能不知道这个原因。在这种情况之下，他对自己非常没有信心，所以觉得必须要用一些小礼物来交朋友。这就必须由您来纠正他这种观念：朋友不是用收买来得到的

和他讨论的时机与方法

通常要在孩子进入六年级前和他讨论，如果这种事没有提早发生的话。如果你认为孩子就读的学校有发生勒索事件的可能，或是处在敏感的地区，那就要早点和他讨论这件事（比如幼儿园大班的时候）。告诉他，如果他遇到了这种事，有一个或好几个学生勒索他，在当下，他应该先让自己毫发无伤地离开，给这些勒索的人他们想要的东西。

接着,他应该回家告诉父母。

如果被勒索了,千万不要害怕那些威胁的话。勒索的人并不比一般人强多少,虽然常常感觉是相反的。如果揭发他们,他们一定会被抓去坐牢。

如果他不愿意说呢?

他的行为应该会有改变。学校的成绩严重退步,整个人变得很忧郁,常做噩梦,又开始尿床,而且会这样回答你们的问题:“我不想和你谈这件事。”这时,要赶快到学校问清楚。

不需要偷偷地监视他,可是要常去翻翻他的书包,看看有没有什么东西不见了,还是多了些什么东西。还有,开学时送给他的彩色笔盒现在变成了什么样子?

重要句子

◆“所有东西都有它的主人。”

◆“偷窃是一种犯罪行为,非常不好。如果是大人,偷东西是要坐牢的,有时候还会在牢里待很久,小孩子也一样。”

◆“所有东西都有它的价值,都是要用钱买的。一个旧书包和一个新书包的价值是不一样的。”

◆“别人没有权利偷你的东西,也没有权利碰你的身体。”

◆“给人家东西是不求回报的。朋友不是用礼物所换来的。真正的朋友会喜欢我们本人,而不是你给的礼物,尽管他们跟你说的是相反的情况。”

4.兔子要怎么煮

远远看,兔子都长得差不多。可是其实每一只都长得不一样。有些很有个性,有些很固执,有些却很温柔。有些有一对灵活的耳朵,并且充满爱心。有些对自己没有自信,有些笑得很开朗,有些笑得很含蓄。有点像小男孩和小女孩一样。有些很爱说话,有些会把话留在心里。

艾密力有一颗柔软的心,他的脸颊常常会由灰色转成粉红色,他的胡须常常会抖动,这是个性敏感的象征。艾密力常常观察别人,他喜欢有个性的、固执的,在下课时会抬头挺胸的兔子。艾密力进入这所大型学校时,就是这副温柔又害羞的模样。在自由活动的操场上,他眼睛睁得大大的。这里真是大呀,周围还有一些绿色的长凳子,有一些高大的兔子在大声喧哗。

他躲在角落里,耳朵可怜地垂着,低着头,假装地上有什么有趣的东西吸引着他。可是,地上只是灰灰的一片。

每次下课时,艾密力都对自己说:“这一次,我一定要去……我要去请求他们让我和他们一起玩。”可是艾密力一直都习惯于除非有人邀请他,要不然自己一定不会主动进入一个团体。这是一种合乎礼仪的规范,可是在学校生活里是行不通的。而这些橄榄球激烈的运动,一点也不适合他。

日子一天天过去了,他的心情变得越来越沉重,对自己也失去了信心。

“我真是太没用了,一点用都没有,超级没用。”他对他妈妈说。

如果有个人能走向他,牵起他的手,或是对他点点头,就算只是眨个眼!他一定会走向他,跟他说话,他什么东西都愿意给。

由于总是孤单一个人,最后反而引起了注意。有一天,隔壁班一个大块头向他走来,挺起胸膛,对他说:

“喂,你好!小老鼠!”

然后拉了拉他的胡须。

“我和我的同学都在问,你到底是一只兔子,还是一只小老鼠?”

艾密力有点脸红。

“他当然是只兔子。你看他的耳朵就知道了！”第二位同伙说。他非常高大、强壮，有着黑色的胡须。

然后，他跳起来，拉了拉他的耳朵。

“哦，不，你们看他的尾巴！这是只老鼠才对！”第三只兔子嘲笑地说。

艾密力可怜兮兮地笑着。旁边，有一群足球员正打趣地看着他。突然间，他发现和这些高大的兔子讲话时，他变成了大家注目的焦点。艾密力有一种轻飘飘的感觉。毕竟，他也正在交朋友，不是吗？总之，这总比在下课时，自己一个人躲在角落里好多了。这天晚上，艾密力蹦蹦跳跳地回到他温暖的洞穴里。

“妈妈，妈妈！我遇到了一些高大的孩子！一些朋友！”妈妈的眼睛也跟着发亮了。

这三个大块头给他取了一个绰号叫“我的小兔子”。他们会不停地拉他的耳朵。这不是正常的吗？艾密力内心深处一直觉得自己很没用，他想：“我可以让他们拉我的耳朵，只要他们愿意让我做他们的朋友就好了，不是吗？”他多想和他们一样，可以大声地笑，骄傲地看着所有的人。第三天，从学校出来时，三个大块头中的其中一个在他耳边说：

"我们正在想，在吃你之前，要怎样煮你，我的小兔子。"

"是呀。我们在想要把你和橄榄、洋葱一起煮，还是加梅子或腌肉一起煮？"里面最高大的兔子说。

对于内心非常温和的艾密力来说，听到这些话是一个很大的打击。他脸红了，脸上挤出一个假笑，一种想对他们表示"你们疯了"的笑，而不是说："不，不，我不要。"

隔天，他们对他说：

"我可爱的兔子，你的屁股很漂亮。"

"可爱的小兔兔！可爱的小兔兔！"

最后，在这些大兔子玩弄了他的身体之后，艾密力全身光光的，还一直发抖。

晚上，他一直睡不着，那些可怕的影像一直在他脑海里重现。发生在他身上的事情真是太令人难以相信了，这一切一定是他自己的想象。这是不可能发生的。总之，如果他说出来了，大家一定会瞪大眼睛，说：

"艾密力，你是在做梦……你是在骗我们吧，不可能发生这种事：你，自己一个人，全身光溜溜的，让别人玩你的小鸡鸡。这种事是不可能发生在小孩子身上的。"

那些害羞又富有想象力的小兔子都会有这样的反应。他们会以为这一切都是艾密力自己想出来的。艾密力才是罪魁祸首！于是，他把这个秘密藏在自己内心深处，并对自己说："这都是你自己想出来的，真是神经病。不要跟任何人说。"

可是，这些大块头又开始在足球场上，在学校的厕所里玩弄他的身体……

"如果你敢说一个字，我就剪断你的舌头或小鸡鸡，随你选。"其中一个大块头说。

艾密力什么都没说。他想，这难道不是一只没有价值的小兔子所应该付出的代价吗？唉！如果艾密力真的知道应该要说什么，他一定会这样说："不，不，不！这是我的身体，我的屁股！不要乱摸！"

可是艾密力从来都没学过说不。小兔兔会这么想："说不，对我们这种小兔子来说，真是一件奢侈的事。这是其他人的权利，是那些高大，又有许多朋友的人的权利。”

这件事持续了两个星期。在这两个星期里,艾密力把这些丑陋的行为、言语及这些嘲笑讽刺的话都藏在心里。他粉红色的脸变成了黯淡的灰色,眼神一片哀伤,肚子绞痛。尤其是,他再也无法去上学了,因为他的四肢发软。兔子妈妈都是非常敏锐的,也就是说,只要说出一点点,她们就会全部明白。

艾密力开始很小声地说。这是一件非常困难的事,因为他必须说出一些他从未说过的词,例如:“我的身体,全裸,性,小鸡鸡”。他的妈妈当然是吓坏了,一直重复地说:

“这太可怕,太可怕了!他们没有权利这么做!你的身体是属于你自己的。我一定要去跟校长说,这太严重了。”

听了这些话后,艾密力突然觉得肚子不痛了。听别人说他所经历的事情太可怕了,还有这一切都不是他的错时,这种感觉真是太好了。所有的事都变得明朗化,他感觉自己已经痊愈了。

隔天,他直视着这三个大块头,对他们说:

“我才不要跟你们走。不,不,不,我不要。”

大块头扭着他的耳朵,说不出话来。这只小兔子是怎么了?就在这时候,校长出现了……然后,换成是这三个大块头的日子很难过了。

艾密力试着想忘记这一切。可是,每当夜晚的时候,这三个大块头的阴影还是会出现。当关起灯后,他会看到他们在等他,而且在他的耳边说一些可怕的事情。

不久之后,艾密力有了新的朋友,真正的朋友。他也学着以平等的态度跟他们说话。也就是说,当想要时,说是,不想时,说不。“不,谢谢,我不想玩躲避球。”这是很重要的。当我们肚子饿时,说是的,我想要蛋糕,当我们不想时,就说不。这是很正常的事!他也学着在不再有被割舌头,或不再有对其他东西的恐惧之下说话……

相关阅读

给小朋友说故事:《雅格拉耶的大秘密》(P179)。

《小狼宇白与超级强壮的狼》(有关勒索的事,P184)。

世界上的重要问题

1. 广告仙子

很久很久以前，在仙女的国度里，有一位叫米努斯的仙女，整天都待在电视机前看电视。没错，即使仙女也不是完美的！可是，她最爱看的不是一些纪录片，也不是卡通影片，而是——广告。

尽管米努斯是仙女，也是渴望有一点梦想和很多魔法的。尤其是广告，最能激起她无限的欲望。所有电视频道推销的玩具，商品，光凭想象，她就觉得如此不可思议！

——一艘可以登上月球的遥控宇宙飞船，一艘和实际大小一模一样的潜水艇，一只有听力的蚂蚁，会听懂所有昆虫的语言，还有会做草莓雪糕的洋娃娃等等。

而且，每当进入广告时间时，她都会心跳加速，双颊微微泛红，眼睛睁得大大的。心中升起一股强烈的欲望，什么都无法阻挡。首先，会有饥饿感，觉得肚子痒痒的，然后头脑里浮现出一些固执的想法和一种尖锐的声音，大叫着："我想要！我要买！我想要这个东西，我一定会得到它！"这种想法会一直缠绕着她，直到她得到想要的东西为止。

在仙女的王国里，多亏有了仙女粉末，就算没有钱，也能得到想要的东西，但魔法棒除外，因为魔法棒是由仙女学院所颁发的。米努斯拥有所有的东西：遥控宇宙飞船、甜点娃娃、和实际大小一模一样的潜水艇，还有会做家事的机器人。

在短短的一至两秒钟，挥动魔法棒的时间里，米努斯感到无比开心：她独自发笑，唱着歌，到处跑来跑去。可是，当她收到玩具时，却非常失望。机器人所需要的电池在市面上已经找不到了，飞上月球的宇宙飞船再也没回来过，洋娃娃做的冰淇淋有一种过期的塑料味。总之，只要一拿到商品，它的神奇性也就消失了。奇怪的是，即使这样也没能阻止米努斯继续看广告，这些广告就是这么吸引人，让我们恨不得想要拥有全世界！

所以，故事又开始重演了：饥饿感、痒痒的感觉、固执的想法、尖叫声："我想要这个，我一定要得到它。"从电视里跑出来的玩具，还有因为失望而嚎啕大哭的眼泪。

仓库里有数不清的堆成堆的旧玩具，一些崭新的机器，一些不值钱的小玩具，不会再鸣汽笛的火车，一辆比一辆快的新车，还有电视广告里早餐燕麦片的新产品，里面还附赠有小礼物！

有一天，打开电视时，米努斯觉得自己的心跳得比往常更快了，脸也更红了。

在这小小的荧光幕前，有一位年纪很轻的巫婆正在吹嘘着一支镀金魔法棒的优点：

"只要有这支镀金魔法棒，你的魔法指数就会大大提升，你就可以变出一些超酷的东西！有了这支珍贵的魔法棒，你就是世界上最幸福的仙女了。"

接着小巫婆娓娓说出用这支镀金魔法棒可以施用的所有不可思议的魔法：把公主变成狒狒，把妈妈变成爸爸，爸爸变成奶奶，压力锅变成后母的帽子，巧克力变成方糖……啊！小仙女是多么想拥有这支魔法棒呀！

可是，小仙女们别忘了，你们可以拥有所有东西，除了——魔法棒。一想到这个残忍的事实，米努斯就差一点拔光她所有的头发。这是她第一次没有办法让心中的尖叫声平复下来："我想要这个，我一定要得到它。"她心里真是苦不堪言。

如果她不能把公主变成狒狒,把母鹿变成大蟾蜍,把压力锅变成后母的帽子,把巧克力变成方糖,那她活着又有什么乐趣呢?

她躺在床上,想着如何才能得到这支可以完成这么多神奇事情的镀金魔法棒。有一天晚上,当她在床上翻来覆去地翻了1678次时,教母仙女出现在她面前,一位常常在小仙女感到非常失望时会出现的教母仙女。当米努斯向她解释睡不着都是因为那支可变出神奇事物的镀金魔法棒时,教母仙女笑得全身颤抖。

“你在笑什么?这一点都不好笑。”米努斯气呼呼地说。可是教母仙女还是不停地笑。

“这都怪广告仙子!这个淘气鬼!每次都乱说话,而且说话不算话。你要我说什么?她有点像巫婆……当她看到有孩子待在电视前,她就会摩拳擦掌,躲在一旁冷笑:‘哈,哈,看吧,又有人要臣服在我的权力之下……’她就是这样,讨厌的家伙。她所在乎的就是成为这个世界的皇后!”

然后,教母仙女变得很严肃地说:

“你想要的那支镀金魔法棒和其他魔法棒没什么两样,除了比较亮以外,没什么可说的了!”

小仙女被激怒了,她把脚一踢,把棉被踢开,把想要魔法棒的想法抛到了门外。然后,她冷静下来,好好想了一下。

她并没有因此而少看一些广告。可是当她打开电视,一有肚子痒痒的感觉,脑海里一出现顽固的想法,或者心跳加速,反正就是有了想要电视里玩具的欲望时,她就会看到广告仙子在一旁摩拳擦掌,冷笑着说:

“幻想吧,小女孩,幻想吧……不久我就会成为世界上的皇后了!所有的小孩都是我的了!”

然后,米努斯会关上电视,大声地说:“不,不,坏仙女,这一次,我才不会上当呢!你的玩具看起来很棒,可是,事实上一点也不好!”

这下子换成她在帽子底下偷笑,想象仙女脸色发青的样子了。然后她对自己说:“我们两个之中,我才是最强的!”

给父母亲的话

◎ 电视儿童 ◎

电视就像会把我们的孩子催眠一样！待在电视前面，尽情地看电视真的是一件很棒的事——这就是为什么眼看着广告对孩子影响越来越大的原因。广告的目的就是要尽力吸引小孩子：简单的故事，鲜艳的色彩……孩子是促进购买力最不容忽视的角色，所以广告界最会利用这一点！根据数字显示，有43%的家庭消费（也就是十件东西里有四件）都是经由孩子筛选的。广告常常都是针对他们的（就连汽车也是）。看看标致806的广告："一辆由孩子建议父母购买的车子"……在屏幕前，我们不再计算孩子的影响力，而是企图直接将年幼的观众与主角划上等号。结果是：根据青少年消费调查统计研究，在八到十岁的孩子中有40%认为广告"会让人有想买很多东西的欲望"，而且（更糟的是），其中有26%的孩子说广告"可以帮忙说服父母"……

根据心理学家的看法，年纪较大的孩子（七至八岁）并不一定比成人更容易轻信广告。可是他们却相信广告的力量，因为他们想要融入到一个团体里。

如何面对电视的威胁？

使用并大量利用播放影机，这会让孩子成为选择自己想看节目的主角，而且对自己的选择负责，也不会让孩子变成广告的奴隶。

禁止早上看电视。没有什么比这个更能够分散注意力，及破坏家庭沟通的时间了。

避免在孩子房间里安置电视（这是越来越常见的状况），要求开电视前要征求父母的许可。

限制看电视的时间：二至三岁的小孩不能超过20分钟，三至六岁的孩子不能超过30分钟。周末时，一天可看一个小时的电视。六到十一岁的孩子，星期一至星期五，每天只能看一小时的电视。

避免24小时全天开着电视:对小孩来说,这是一个非常不好的习惯!心理分析家吉尼菲佛·帝耶纳提(Genevi Ve Dijenati)曾说:“这真是太夸张了,有很多小孩在电视节目结束后,在花白的屏幕前睡着了。对我来说,这是奢侈方式的一种遗弃行为。”

不用过份贬低电视的价值。有时候我们可以主动租录像带,或和孩子一起看某个节目。可以介绍孩子看一些令我们回味无穷的儿时的卡通片。

可以要求保姆忘记开电视。必要时,可以把遥控器藏起来。

要如何面对广告的威胁?

可以对孩子分析一些广告常用的技巧:“这里,你看,他们加入了一点音乐,还有这里,添加了色彩……这样就会让人很想买,不是吗?”

利用机会提醒他们一些比赛抽奖、游戏等常用的手法。例如,早上时,念给他听燕麦片盒子上标示有赠送玩具托盘之类的话。

2. 非常爱漂亮的火星女孩

大家都觉得火星人是一种绿色的，还有点黏黏的怪物。可是很久很久以前的一段时期，女火星人是非常爱漂亮的。她们很喜欢服饰、小包包、新发型、化妆、发夹和发带。这些事是大家从来没有提过的，可是你可以相信我，在我们这个古老地球的好几百万光年前，在火星上，没有人会在中午以前出门。你知道的，精心打扮，卷头发，磨爪子，整理触角是需要时间的。还要照上56000次的魔镜，问56000次同样的问题："魔镜，最棒的魔镜，我是不是很时髦？"一直到第56000次，魔镜回答："啊，是的，我美丽的绿人，你非常的时髦，你将一直都是这么时髦。"

在这个时期，流行事物发展的速度就像闪电一般。流行把触角编成辫子，流

行把触角扎成一束，流行5层的帽子，流行57厘米高的高跟鞋。这里流行过会飞的球鞋，绿色的头虱(头发里必须要有头虱)，活的蜘蛛，可怕的脸，扁鼻子，小鼻子。还流行过萝卜口味的糖果，恶作剧时用来刺人的野蔷薇果实，绿色的唇膏，绿色的指甲。有时候，也会有令人非常慌张的时候，因为制造商们每两秒钟就推出一件新的流行事物，必须要马上跟上流行趋势。他们会大叫："现在流行把触角扎成辫子！"然后，在出门及照镜子前，要迅速把鼻子压扁，在附近的烟店买六只蜘蛛，并吃很多东西让自己在五分钟之内把脸变大。

靠着卖这些流行事物，商人们赚了很多钱。他们在店里数着绿色的钞票，很开心地笑着说："明天，我们还要发明些什么呢？"他们还会传达一些讯息，就像：多亏了"同达古乐"、"贝帝芭"、"泥泥头"、"杜杜许"这些品牌，才让我们变坚强，变勇敢，更聪明，更相爱。

有时候，火星女孩会想要抗拒，因此就只穿着睡衣出门。可怕的事情发生了！她当场就被人们凶狠地瞪着。而且，在火星人的国家，被人用360只眼睛盯着看，相信我，这真的是很难受的。大家的眼睛都已经装上了反流行侦测器，还有镭射枪。以至于当你穿着芭蕾舞鞋出门，可是当时流行的是大象脚的鞋，当你穿着滑雪裤，可是大家都只讨论裙子时，所有的人就会盯着你看。在学校，情况也是一样的。你可以在下课休息时间发现，如果一个不知道现在最新流行是什么的女孩来到学校，触角上装扮着星星，而不是把触角编成流行的辫子，或者穿着钉鞋，而不是流行的纸鞋，那事情就严重了。她就会被300万只像有麻醉功能的眼睛扫射，而她就会赶快跑回家去！

有一个火星小女孩再也受不了了。她看着妈妈和姐姐一下子卷发一下子直发，一会儿变胖，一会儿变瘦，还变成红色。她觉得这样很愚蠢。有一天，她宣布：

"我要穿睡衣出门！没什么好说的！"

然后，她就这样，照也不照镜子地出门了。你应该看看其他女孩子的反应，眼珠子都快从触角里掉下来了。

"她……她疯了！她是神经病！"

不过小女孩已经在耳朵里塞了耳塞。她还找了一些同伴，说：

"人们要让你相信服从才是对的！这个星球变成了一个邪教团体。我们浪费了很多时间在镜子前，浪费了许多金钱……真是太可耻了！太愚蠢了！虽然我们的皮肤都是绿色的,可是每一个人都不一样。所以,为什么要穿得一模一样呢?”火星女孩用她那有点像机器人的声音说。

隔天,有一个小女孩穿了一件粉红色和蓝色的毛裙,另一个女孩穿着印花布裙,搭配羚羊的蹄。每个人都以发明新的穿衣方式为乐。就这样掀起了另一个流行风潮:每个人都不一样!

小火星女孩发明了一些标新立异的衣服,一些有小圆点,有横纹,不知名的品牌。可是她从来不会企图让人相信这些东西有什么神奇的魔力。而且再也不会有眼神会互相扫射对方。至于魔镜,由于太生气的关系,他变成了绿色,这也是可想而知的。

给父母亲的话

◎ 小女孩的流行事物 ◎

最近的趋势:重视外表的年龄层越来越小,流行趋势对小女孩的影响也越来越早。社会学家和青少年专家们有他们的看法:因为学习自立的年龄越来越早,孩子们会效法大人的习惯和穿着。

不久前,一些专门针对八到十二岁小女孩的专业品牌开始成立。甚至玩具专家也表示:孩子们越来越早停止玩玩具(大约八到十岁),而且兴趣转向对衣服及流行饰品的研究。

为什么流行服饰这么吸引人?

因为跟着流行(也就是和大家一样)穿衣服会隐藏个人的独特性,而且在他人眼中不会显得那么突兀:尤其是对十岁左右的小女孩,她们的身体开始产生变化。就如同一位青少年时期的女孩说:“如果我不能穿得像现在流行的样子,大家会用奇异的眼光看着我,好像我得了怪病一样。”

就像心里分析学家赛吉·提塞宏(Serge Tisseron)所说的,因为在能掌握自己外在的同时,就会有能够完全掌握身体内在变化的感觉。

为了要归属于一个团体,而且要避免觉得被排除在外。

可是难道就因为这个理由让自己一味屈服于流行时尚的操控?

如何反应?

避免任凭孩子“疯狂地血拼”:把“血拼”当成是一种休闲活动。对于九或十岁的孩子,这种现象有点过早。可是有些这个年龄的小女孩会和朋友一起“血拼”。

避免成为对孩子产生罪恶感的父母亲:给零用钱或买一些衣服做补偿。

对孩子分析名牌服饰的影响。让他们知道某个品牌的价值，然后可以说:“你看,如果是我,我宁愿把钱省下来,我们可以一起去度假,或者你可以去滑雪”等等。

一起和他们看一些旧照片,让他们看一些过去流行的事物,所有那些当时我们觉得非常时髦的东西,在短时间内完全退出了流行行列。

避免批评她喜欢穿有亮片的小背心,或长到会盖住屁股的毛衣。这是属于她个人的表达方式,也是她对自己的定义。心理学家认为:你们越是批评,她就越沉溺在她的流行事物中。

相关阅读

有关外表:《镜子里的罗拉抗议了》(P88)。

《不想成为世界上最美丽的女人的小仙女》(P95)。

有关广告,市场营销……:《广告仙子》(P196)。

《钱钱一世国王》(P205)。

3. 钱钱一世国王

钱钱一世是一位拥有上亿、上兆资产的富豪国王。他的城堡是用金块建成的，他睡在红宝石镶钻（睡觉时钻石会扎他的屁股）的弹簧床上；洗澡时，他会泡在纯金含量极高的水里，这样会在身上留下淡淡的金色条纹。当我们是巨富时，要知道如何维持自己的身份地位。

当太阳升起时，钱钱一世会跪在地上膜拜："早安，哦，我的金路易！"然后朝太阳丢些小钱币，为了感谢它舒适又忠诚的服务。他会有这种夸张的行为，完全是因为几年前他已经把太阳买下来了。钱钱一世买下了很多东西，他就像个孩子在商店里，指着一个玩具，大声地说："我要这个！"

钱钱一辈子都在买东西。还是婴儿的时候，他已经拥有一些喷射机、电动令牌、绒毛国王娃娃、喷火龙。然后，他得到了一些电动碰碰车，一些游乐园，一些市集日，黄金喷水池，滑雪场。再长大一些后，他开始买人，就像买活的玩具一样。就这样，他有了负责时事的工作人员，每天早上会念新闻给他听，有专人做三王来朝节时吃的饼，一位专门负责给他剪小指甲的人，一位冬天专门替他围围巾的人，一位夏天专门替他脱衣服的人，晚上专门铺床的人，早上专门提书包的人，专门做作业的人，还有专门念课文的人。1000万页的纸也不够列出他所买下来的人类。

整个皇宫最重要的人当然是采购先生。他每天早上来见钱钱，在他面前展示可买的新玩具名单。钱钱每天早上看到他，心都跳个不停，就像是恋爱中的人一样，伺机攫取所有的建议：

"附有游泳池的旅馆？有二十栋房子的地皮？五颗星的美食餐厅？二十位东方的公主？三座有千年橡树的森林？三个海盗及两位巫婆？"

钱钱国王先是在他的宝座上坐立不安，然后大声地说：

"来人哪，把我的黄金拿来！我买了！"

就这样钱钱买下了所有的东西……刚开始时，先是几百万公里的蓝天，654

朵云,320朵饱和的积雨云,三座热呼呼还在沸腾的火山,一万公尺高的山,五十来个可在天空留下金色条纹的高贵闪电。

只要采购先生一开口,他就会大喊:

“我买了!来人哪,拿黄金来!”

随着时间的增长,他开始毫不考虑地买任何东西。因为他就是喜欢买东西这种行为,在这一瞬间一切都改变了,就在这一刻玩具变成了他的所有物。在买完东西,情绪激荡过后,他就呼呼大睡。当他醒来时,心情会非常暴躁,就像一只在金笼子里的狮子,大声咆哮,大喊无聊得快发疯了。

“买!买!我还要买!”他咆哮地说。

有时,当钱钱一世发觉自己被骗时,也会大发雷霆。令他最失望的,就是雨了。他已经买下了全世界的雨,并且还说:“既然它是属于我的,我就禁止它下雨。”

可是,当气象报告说会有暴雨时,他就会气得脸通红:

“怎么会这样!给我打电话给售后服务部门:我的雨出故障了!”

可是,顽固的雨还是一意孤行。

至于采购先生,只要他一想到有一天国王可能会发现他买的是非卖品,就吓得发抖!为了发现一些新的购买品,采购先生现在正夜以继日地工作。因为国王的要求越来越多!他想要的玩具越来越奢侈,越来越精巧,越来越千奇百怪……一切进展得也越来越快！买卖交易在六秒钟之内就完成了。采购先生一列出玩具，钱钱立刻就说："我买了！"然后睡了两秒钟后醒来，又开始抱怨："好无聊呀！"接着，就没完没了地抱怨个不停。

最糟的是，这些珍贵的玩具、跑车、直升机、五星级旅馆布满了整个皇宫。到处都是！所有的高塔里塞满了坏了的玩具，还有一些日渐衰老的俄国公主、东方公主，还有海盗们，大家都躲在一旁叹息。可是觉得最无聊的人，还是国王！钱钱一世觉得自己好像也和这些没有生命的、坏掉的东西一起被关在塔里了。他觉得："买这些东西有什么用？如果没有人和你一起玩的话？"

然而有一天，钱钱一世又开始坐立不安，他的心跳又开始加速，采购先生在向他介绍一个比其他东西都更有趣的玩具：

"我推荐你买……一个敌人：大钱一世已经在路上了，他要来和你打仗。"

"我买！我买！我买了！"钱钱一世大叫着，他觉得整颗心都舒畅了起来。"啊！真高兴！要打发时间，没有比有个敌人更好的了。"

因此，他买下了他的死对头，把他关在笼子里，就像他一贯的作风。有时候，觉得无聊了就把他从笼子里放出来：

"跟我打仗。"

"哼，烦死人了。"大钱一世回答。

"你不能这么做！你现在是我的了，你得要跟我玩。"

大钱一世一面打仗，一面打哈欠。他非常清楚自己只是钱钱一世的玩具，所以干嘛要那么认真？你可以想象，在这种情况之下，城堡里每个人都觉得无趣。逗国王开心的人、私人的小丑、专门说笑话的人再也无法让国王笑。

"有上亿的玩具有什么用？如果没有人和你一起玩的话？"他自问着。

负责治疗伤心的专员来诊断国王：他的心膨胀得像个气球一样。头脑里有一堆没有解决的问题，只好又请了解决棘手问题的专员来。

"为什么我这么孤单？为什么学校里一个人都没有？为什么当我下课散步的时候，一个小孩也没有？"国王问。

"他们都在塔里，在玩具堆里。"专员回答。

"啊！"国王叹了一口气。他又问：

"为什么我的那156座城堡，320栋乡下别墅，还有那些山、雨，还有太阳，会让我觉得这么无聊呢？为什么当我买下一些东西后，我却觉得这么伤心呢？”

解决棘手问题的专员一副很有学问的样子回答：

“有时候，是想买东西的欲望让人有幸福感，而不是买的东西。”

他接着说：“有时候，买东西的幸福感只在那短短的一秒钟才有，那一瞬间有想要买新东西的欲望。可是，当我们买下东西之后，这个东西就失去了它的新鲜感。然后，我们就会觉得没意思。”

“那该怎么办呢？”国王问。

“应该要……呃……不要买东西了。”

钱钱一世国王叫来了采购先生：“你这个笨蛋！这些年来，你都让我买一些蠢东西，这些东西一点用都没有，还让我过得非常不开心。你从来没有建议我买朋友，我当初真不应该买你。”

“朋友不是用买的。朋友是用交的，就这么简单。”采购先生回答他。

“我在哪里可以找到朋友呢？”

“您必须离开皇宫，一直走，一直走好几百万公里之后，当你到达一个还未被你买下的国家时，你就可以找到朋友了。可是千万不要买下他们。”

隔天早上，一大早，钱钱一世国王就背上背包出发了。没有旅游专员，也没有专门提水和专门做三明治的人的陪伴。他对那些充满叹息，摆满了坏玩具的高塔看也没看一眼。他走了好久好久，在途中，他看见好几百万个告示，写着：“钱钱一世的土地”、“禁止进入”、“私人猎地”、“钱钱一世的行宫”……所有属于他的东西。他越过一座座丘陵，翻过一面面山坡，攀爬，滚下，再越过，再翻过……

在好几天，好几个星期，好几年的长途跋涉后，当他变老了，头发也变白时，他终于不再看到那些招牌和告示了。

他眼前的景象突然焕然一新，非常美丽，还有一栋栋各有特色的小房子。赞叹之余，他心跳加速，脸颊发红，他叫着说：

“拿我的金子出来！我买了！”

可是他想到他离开时身上没有带路易金币，他是想要出来找朋友的。

然后，他就在这个有着红色屋顶的小村庄里居住下来，在这全新的生活里，他常常到处去散步。散步的途中，他遇见了很多人，这些人都不剪脚指甲，不背书包。他就跟这些朋友一起玩，一起讲话，吵架，打架，没有付钱买胜利，他也不再把自己关在塔里。

而到了傍晚，当太阳下山时，天空一片粉红和紫色，钱钱叹气地想起了他那座美丽的城堡。他坐在□望台上，在这里，他可以看到大自然美丽的风景，然后开始写作。他编出一些有关沸腾的火山，喷火龙，永远不能被贩卖的东方公主，和一些永远没有人能翻越的高山的故事。村里的小孩都听得津津有味，还不停地鼓掌叫好。钱钱感到非常骄傲及幸福。因为他觉得："在我过去的生活里，我已经没什么东西好买，可是我却觉得非常无聊。可是今天，我却觉得没有足够的生活经验来编写一千零一个故事。与其把这些故事关在塔里，他们反倒像斑鸠一样在我脑海里飞翔着！"

就这样，拥有上亿、上兆资产的富豪国王，钱钱一世，变成了一位很会说故事的人。

还有很多和钱钱一世一样富有的人，后来也改了行了，他们选择当画家、下棋高手、柔道选手、伟大的钢琴家、攀岩高手……有些则成为伟大的观测家，为了看看这世界有多么美。远远看去，它运转得那么顺畅，尤其是当我们不再执意要占有它时……

给父母亲的话

◎ 他们为什么喜欢钱 ◎

对孩子们来说，钱是非常神奇的东西。它是权力的同义字。他们觉得有钱就可以买所有的东西：糖果、玩具……

自动提款机则更加强了这种神奇的印象。他们总觉得只要有要求，钱就会马上出现。所以他们有这些说法："快到墙壁里找钱"或"去银行找钱"。

根据心理学家指出，小孩子们将会对钱越来越有兴趣，这是由于日常生活所必需的花费，还有电子科技的进步，促使玩具的价钱提高了不少。照这样下去，怎么可能会不在意钱的事呢？

从八岁起，他们开始进入团体生活，就会有所担心：担心贫穷，失业……这也是为什么从这个年纪开始，会看到他们数钱。

应该给他们钱吗？

在他们七岁左右，开始会减法时，就可以开始给他们零用钱。可是要避免给得太多（这对孩子来说会是一种困扰），尤其要避免预先给钱（这样可能会让他们形成“赊帐”的观念）。

他们为什么这么喜欢买东西？

新产品是非常有吸引力的。他们想要这个小东西，然后是一辆玩具车，或一包糖果。只要买给他们，什么都可以。可是，在对他们的任性让步时，我们也开启了潘多拉的盒子。

因为他们的欲望是无穷的。因此，要避免用买东西的方式来奖励他们：“我给你这辆小汽车，因为你很乖”，“你有用功念书吗?来，给你的洋娃娃”……也要避免常常逛博物馆的精品店，当然，对孩子来说，这个地方一定是充满诱惑的。想要拥有美丽事物的欲望，并不会因为已经拥有而减少。

重要句子

◆在提款机前提钱时：“你看，提款机要询问我的银行，要知道我有没有钱。在银行里，他们替我保管我所赚的钱。”

◆“钱不是用来乱买东西的。首先要付房租，买一家人吃的东西……然后计划旅行。”

相关阅读

给小朋友说故事：《爱生气的王子先生》(P160)。

4. 兔子的战争

一天,两只名叫瓦斯爆炸和殴斗的兔子正坐在岸边看着海洋。远远看,可以看到两对兔子的耳朵在风中轻轻摇摆,好像在微笑一样。瓦斯爆炸有一对灰色的耳朵,殴斗的耳朵则是像云一样的白。当他们讲话时,耳朵会竖得直直的,笑的时候,耳朵会微微颤抖。瓦斯和殴斗,像猪一样,是一对好朋友。猪和兔子一样,他们之间都不需要靠说话来传达爱意。所以他们静静地坐在那里,享受幸福的时光。突然,瓦斯爆炸说话了:

"啊! 水是多么美呀,这么的蓝。"他说。

殴斗笑着说:

"水的确是很美,可是它不是蓝的,它是绿的。"他回答说。

瓦斯爆炸皱了皱眉头说:

"我想不是的,你看看那边的水面,它就像天空一样蓝。"

殴斗一直保持着微笑说:

"是呀, 可是你看看另一边的水面, 就像玉一样绿! 就像未熟的梅子一样绿! "

然后有十五分钟的时间,他们都在讨论蓝与绿的问题,彼此都坚持自己的看法。他们就这样一直待到夜晚,数着蓝色和绿色水面的数量,为了比较哪一个较多。

远远看,可以看见两对耳朵都竖着直直的,再也不会微微地颤抖。接下来是一连串的怒骂。

"你真是个顽固的家伙,大家都知道海是蓝的。"

"大笨蛋,你的智商就像没熟的红萝卜一样。"

"那你呢,就只有在煮红酒和做洋葱烧野味时有用而已! "

这天晚上,两对耳朵都显得非常僵硬,后来各自从不同的方向离开了。这两只兔子,像猪一样的好朋友,离开时都是火冒三丈的。而且,不久之后,在这个村庄里,形成了两个不同的圈子:一群认为海是绿色的,另一群觉得海是蓝色的。两个团体就这样彼此对立,组成两支兔子军队。战争也就这样展开了。

工程师兔子的首领们用尽心思制造出最精良的武器。有塞满炸药的红萝卜,会把肚子炸出一个大洞,整个苜蓿园都将会感染病毒。这个作战计划被称为“兔子行动”。还有抽干的小河流,注满剧烈的毒药,这样就再也不能到处饮水止渴了。这是一场大屠杀。有好几百只无辜的兔子丧失了生命。有时候,参谋部长们会聚集开会,推行一些以致命的微生物为基础的战略计划。战争就这样一代一代地延续下去。殴斗的儿子和瓦斯爆炸的儿子公开宣布对方为“世敌”,然后他们的孙子,曾孙,曾曾孙,甚至所有的后代都变成了世敌。

因为这些兔子在武器制造上有了很大的进步,所以可以用较少的武器杀死更多的兔子。“这就是一分钱一分货的最好例子。”那些领导者说。死亡变成了一件稀松平常的事情,真是太厉害了!只要指甲四分之一含量的病毒,就可以消灭上百只兔子。大家头脑里想的都是消灭敌人。有时候也会有两边的兔子互相认识,聊天,喜欢上对方。可是当他们得知对方是敌人时,会拔出他们的红萝卜武器,然后“砰”的一声,结束对方的生命。于是再也没有兔子,没有爱了。兔子的

文化变成了擅长战争艺术。他们还真是实现了一项伟大的进步！红萝卜核子武器，萝卜原子弹，塞满病毒的空心菜，还有到处充满腐烂鱼腥味的草原。这就是兔子们在“人道主义”方面的成就。

战争持续了一百年。一百年是很久的。兔子们丧失了记忆，因为他们只是非常擅长武器制造，并不擅长记仇。所以他们知道必需要打战，可是已经不知道到底是为了什么而打(这也常常是战争的情况)。

有一天，一只名叫用心的兔子决定好好研究一番。他到图书馆里，试着找出这场战争的缘由。这就是所谓的历史。在好几个月的阅读后，当他明白瓦斯爆炸和殴斗在海洋边发生的事后，他差点就昏倒了。他大叫着：“该死的兔子耳朵！”杀了成千上万，上亿的兔子只是为了一个这么可笑的原因，真是太夸张了！

用心集合了村子里所有的兔子，有断了耳朵的，肚子里有个洞的，大脑受到病毒侵害的，他对他们公布这个令人震惊的消息。还有更惊人的是，有关海的颜色的真相是：“由于反光的关系，海是蓝色的，也是绿色的。”殴斗的曾曾曾曾曾孙子和瓦斯爆炸的曾曾曾曾曾孙子，终于握手言和了。这场战争持续了那么久，进行得那么盲目，他们将它列入历史课本里，称为“百万年战争”。当他们告诉兔宝宝这一切都是由于对事物看法不同及颜色的原因所造成的时，兔宝宝的耳朵都发出嘘嘘的响声。都是芝麻大小的事惹出来的祸！

尽管如此，战争还是不会马上就平息下来，因为没有什么比停战更复杂的了。这就好像一台失控的机器被发动了，就很难再受控制。可是会有那么一天，一百年过后，把武器都摧毁，兔子们开始生育兔宝宝。一对耳朵又开始微微颤抖，互相抚慰，彼此摩擦着。

从此之后，兔子们就讨厌海，河水，甚至常常变化不定的天空。现在的兔子喜欢绿色的草，就像我们所知道的，草是不会反光的。而且，当其中有个兔子说：“啊，你们看那里，看起来有点黄黄的……一定是太阳的关系。”兔子们的耳朵就会害怕得竖起来。然后，每只兔子会说：“是呀……你说得有道理，走了，各位，我的红萝卜还在炉子上煮着……”或是：“我得走了，朋友们。我要去买些萝卜。”或者是：“不一定全是这样，可是我和牙医有约。你知道的，兔子的牙齿……”然后，可以看见草原上一对对的耳朵都跳走了。

给父母亲的话

◎ 应该告诉他们世界上的问题吗？◎

是的，因为从四岁开始，他们就对他们所生活的世界有所意识，更别说六岁的孩子了。这样做才不至于过度保护他们，才不至于使他们与现实生活脱节（他们已经一整天都在学校过着与世隔绝的日子了）。

可以利用早上吃早餐和听广播的时候跟他们讨论。可是要知道我们有兴趣的问题，他们并不见得有兴趣。在给他们看影像图片前，最好先跟他们解释一下。尤其是有关战争的画面。

当他们看这些影像时，您要在场。因为在看电视的时候，孩子们会处在一种被催眠的状态，无法进行客观、理性地分析。现今的孩子都被影像图片淹没了。我们会觉得他们比以前的孩子早熟，知道更多的事情……可是他们并不见得能够解读这些信息。

重要句子

◆为了避免看到孩子在短裤下发抖的双腿，对一些特别的新闻一定要加以解释："这些事不会发生在你身上，这是发生在离这里很远的地方的。"（现今，有些心理学家提出，美国与伊拉克之间的冲突在孩子心里造成了一定的恐惧：孩子们认为飞毛腿飞弹会从他们家五十公尺的高空落下。）因此要解释画面所代表的意思。

5.两只蝎子的寓言故事

上帝为人类创造了地球、海洋、天空、一些好的动物和一些不好的动物。最后，他创造了蝎子，可是不知道蝎子应该是好的，还是不好的生物。为了知道这一点，他决定考验蝎子。

他对两只蝎子，一只黑的，一只黄的说：

“我的地球现在还非常贫瘠。我需要一些财富让人类可以盖房子、医院、学校，还有给他们生活及养育孩子需要的所有东西。所以我要委托你们一个任务：你们要帮我在沙漠里找来所有珍贵的石头。这些石头都藏在地底很深的地方，可是你们的螫针，可以帮助你们找到这些石头。”

上帝看着两只蝎子，接着说：

“这些财富对人类来说是很有用的。我会给你们每个人三颗珍贵的石头做为酬劳。”

然后，上帝皱着眉头说：“这是一项需要花费很长时间，而且又很辛苦的工作。你们一定会想要把这些珍贵的石头占为己有。可是，如果你们对我说谎的

话,你们将会受到很严厉的惩罚。”

两只蝎子发誓,保证一路上所遇到的石头,即使是最小颗的石头,也会将它利用在公共利益上,之后他们就离开了。

为了国家和所有人类的利益来聚集财富,和替自己挖掘财富是不同的。因为为众人服务常常需要对抗想把财富占为己有的欲望!

蝎子们立即启程,面对着高温、刮风和沙子,把他们的螯针深深地伸进沙丘里、空地里,这些地方只要我们仔细看,就可以找到红宝石、蓝宝石和多切面的钻石。

我们都知道沙漠里藏了很多宝藏,有珍贵的石头、黄金路易,还有其他东西。我们也知道当夜晚来临,所有人都睡着了,当我们觉得非常孤单时,就可能有机会找到宝藏。因为这些宝藏都藏在看不到的地方,这使得“寻金者”的工作更辛苦,更疲惫。在白天摄氏50度的高温及夜晚零下20摄氏度的低温下,螯针完全碰不到一滴水!可是要是没有这么辛苦的工作,找到的东西也不叫做“宝物”了,不是吗?

黑蝎子一直找,一直找,不断地找着。因为他积极又机灵,他已经找到了100颗钻石,600颗绿宝石,300颗蓝宝石,还有数不清的红宝石。在半路上,因为疲劳的关系,他心里起了不好的想法:“这样辛苦工作为的是什么?一颗小得可怜的钻石,只有指甲四分之一大小的红宝石,小不拉叽的绿宝石,还是一颗毫不起眼的蓝宝石?可是,如果我留下一些最美丽的石头,我就会是世界上最富有、最有权力的动物!搞不好上帝也会像尊重人类一样对待我们这些蝎子。”然后,他用他的螯针把这些珍贵的石头藏在最隐密,最深处的沙堆里。

在这个时候,黄蝎子才拖拖拉拉地收集了一点点宝藏:三颗红宝石,五颗钻石,七颗蓝宝石,在石头上刮下的一点点黄金。他搜集到的宝物真是少得可怜。他把所有时间都用在晒太阳,尤其是和狐狸讨论沙子和沙漠里的其他居民上,因为想要赶走孤独的感觉。

验收的时刻到了,上帝把他们叫到面前来。黑蝎子只给了上帝六颗又小,又丑的石头。

“我的上帝呀,我并没有找到很多珍贵的石头。我的兄弟黄蝎子的动作太快了!他已经早我一步把所有的石头都搜集起来了!”黑蝎子撒了个谎。

可是当它说这些话的时候,它的双眼发红,还闪闪发光,就像红宝石一样,这是说谎和狡猾的象征。上帝冷静地回答他:

“你说谎!你把所有的宝物都留下来给自己了!你做了非常不好的事。首先,你对我撒谎。接着是,你竟然偷走了人类的财富。你的利益竟然比人类的还重要。就因为如此,你将会被诅咒!当你看到人类或动物时,你将会忍不住想用你的螯针刺他们。而且,如果你真的刺了他们,他们就一定会死。因此,人类将非常痛恨你。”

然后,上帝转过身去对黄蝎子说:

“那你呢,你就是太懒惰了,把所有的时间都用在了排遣寂寞上。可是一定要鼓起勇气,要知道忍受辛劳和孤独,才能找到宝藏。你的螯针也会刺人,可是只会使人发烧三天三夜。”

从这天起,当人类看到黑蝎子时,就会用脚踩死他,因为害怕被螯死。可是当他们看见黄蝎子时,他们知道他并没有剧毒,他们会留他一条生路,把他赶得远远的。

6.小国王自私一世

尽管小国王自私一世只有八岁,还是个小不点儿,可是在整个皇宫里,就只能看到他。这里必须要解释的是,他到处摆满了镜子:客厅里,房间里,游戏间里,还有置物间和仓库里。因为只能看到自己,自私一世也只把所有的注意力都放在了自己的需求上。他订定了一些只对他自己有益的法律。因为他非常喜欢口香糖、包心糖果及软糖,所以就订立了一项法律,根据这项法律所言,糖果将是皇室独有的财产。每个星期,孩子们都要到皇宫的吊桥前奉献糖果。而每个月,都会有一些私藏口香糖及软糖的部长被处死。

通常,法律应该是公平的,意思是要让所有人过上幸福的日子。可是在自私一世的国家里,恰好是相反的情况:法律只是为了满足他个人的利益。这也是为什么这些法律看起来这么奇怪。在公共运输系统上,没有爱心座位保留给残障人士,或为国家打仗而受伤的士兵。只有给“身高不超过一米七,体重不超过35千克的小国王”的保留位。所以在交通巅峰时段,每个人都站着,不敢坐下来,因为怕被国王的特使撞见,而遭到斩首的命运。在电影院里,民众只能坐在第一排和最后一排,因为剩下的位子都必须保留给小国王,还有他的贴身保镖及朋友。可是,自私一世从来没有来过,因为他根本没有朋友。

这样几年下来的统治,王国里一个居民也没有。所有的孩子都带着满口袋的糖果离开了这里。谁会想要和只想到自己的幸福,而不顾他人幸福的国王在一起呢?自私一世国王一个人待在他的王国里,却完全不知道自己是孤单一人。几个礼拜以来,部长们用尽了所有的糖果、口香糖、包心糖果,为了让他以为糖果的进贡还一直持续着!

有一天早上,看了皇室的行事历后,自私一世发现他快要九岁了,他非常渴望可以和他同年纪的孩子一起过生日。部长们为他准备了一百万箱的邀请卡,每张邀请卡都印着:“自私一世国王非常荣幸地邀请您参加他九岁的诞辰,六月十七日星期六下午二点到晚上八点。”然后,想了一会儿,小国王又加上:“所有五到十七岁的人必须出席，否则将被斩首示众。”

当然，没有一个人会出席，因为王国里根本没有小孩了。部长们吓得全身发抖，因为他们害怕小国王发现，几个礼拜以来，他们就一直对他撒谎！

生日的那天，他们在路上找来了一些流浪汉，给他们精心打扮，洗澡，穿上干净的衣服，替他们化妆，拔掉他们的白头发，为了让国王相信他们是小孩子。这些流浪汉狼吞虎咽地吃着蛋糕、巧克力、糖果，喝着一些美味的饮料，然后就开始呼呼大睡了。

小国王自私一世火冒三丈，大发雷霆地说：

“我要将这些敢在生日宴会里睡觉的人通通处死！”

所以，这些流浪汉就在睡眠中被斩首了。而自私一世国王气呼呼地站在镜子前面抱怨着说，这些人都太没礼貌了，一些贪吃鬼、贪心鬼、自私鬼，在吃完了所有生日蛋糕后，只知道睡觉，而剩下他孤单一个人。

“自私一世的王国里，一定有什么地方出问题了。”他发牢骚说。

因为把自己关在金碧辉煌的牢里是那么孤单，所以他决定要走出去，不带任何随从。当他散步到一个公园里时，玫瑰已经凋谢了，太阳也要下山了。在他的公园里走了好几千米之后，终于遇到一位园丁。这位园丁有严重的重听，脑袋也不灵光，所以他根本没认出国王。

“啊！善良的人，我迷路了。你可以告诉我哪里有个好的王国和善良的国王，可以招待我休息一晚吗？”自私一世大声地说。

园丁指了指对面的王国说：“那就到那个好地方去吧。那里有一位仁慈宽厚的国王，他总是设法让人过着幸福的生活。”

然后园丁喃喃自语地说：“我得赶快离开这里。这里有一位令人难以忍受，又自私得不得了的自私一世。我真是幸运，竟然没有被斩首。哈！真是如此！”

为了要感谢这位园丁的直率，自私一世让他保有性命，然后匆匆地到对面的王国里去了。

在那里，他学到了一些法律：不可以在城里的墙上乱涂鸦，不能说谎、打人，对别人要有礼貌。有时候，要捐赠一些钱财，当然不是给国王，而是为了要买和建造一些重要的东西，例如：医院、学校、托儿所和一些有用的建筑物。我们称这种形式的捐赠叫纳税。自私一世真的是太惊讶了。这些法律是多么完善呀！他于是决定留在这里生活，学着如何做好国王这项职业。看着这些不会因为一块钱而被斩首的人，和他们善良、微笑的面孔，是一件多么愉快的事。自私一世想着：“不久之后，等我治疗好了我本身这个令人难以忍受的自私毛病后，我就回到我的王国里，我将订立一些好的法律，对所有人都有利的法律！”

他果然实现了他的诺言：当他变成一位长大的国王，而不再是个滑稽的小不点国王后，他编定了一些名副其实的法律，而不是一些只对他自己有利，滑稽又没意义的法律。他成就了一个伟大的王朝，做了很多伟大的事。而生活在这里的每个人都非常的幸福快乐，再也没有人想要离开他的王国了。

给父母亲的话

◎ 公民的责任感是会消失的…… ◎

一个从没有被拒绝过，而且被当成是世界第五项奇迹一样宠着的小孩，只会是个任性的孩子。然而，成长，就是循序渐进地接受“欲望原则”将被“现实的原则”所取代的事实：除了家庭生活内部的规定，还有学校和社会的规则。而这类规则是在孩子进入学校生活的那一刻起就开始生效的。所以孩子在成为公民时就必须遵守社会的规定，尊重他人，爱护教室的设备……

在现今的生活里，公民的责任感和遵守法律的观念是很容易消失的。这难道是像我们常常说的，因为缺少父爱的关系吗?还是来自父母的压力?常听到很多父母说：“现实生活是很辛苦的，要鼓励他们成为一个战士……”换句话说，就是：踩在别人的背上，成为第一名……相反，没有让他与社会脱节的结果，却是让他成为一个“失败者”！这也不是让他能够容易交到朋友的方式……

重要句子

◆“法律是由一些考虑到所有人利益的大人所制订的。”

◆“国家也是因此而成立的，国家需要公平地分配事物——就像吃三王来朝节的饼一样，学校的老师要公平地分配每一块蛋糕。”

◆“为了能好好地分享财富，最好能好好地分享这个世界。”

◆“如果没有法律，没有人道主义，那就会变成‘丛林规则’，世界也就变成动物界了。也就是说：每个人都自私自利。‘我’只想到‘我’自己一个人！”

◆“如果老师把四分之三的三王来朝节饼都给了一个孩子，那对其他孩子是非常不公平的。那这位老师就像是个不好的领导者，法律也不会得到尊重了。”

◆“在公交车里，你可以看到，有一些位子是保留给残障人士、孕妇、眼睛看不到的人的。法律决定保留一些位子给一些不能站着，或站着有困难的人。而你就必须要把这些位子空出来。”

◆“在学校也是一样的。必须要遵守规定:不能作弊,不能破坏学校的设备,不能在墙壁上写字……”

◆“我们的第一个欲望,会想要把所有东西都归为己有:玩具、巧克力酱……可是这种行为会让朋友远离你!”

◆“只要想想如果别人对你做一样的事情……这时候,你也一定不会同意的。你要常常为别人着想。常问自己说:‘如果是我,我是不是也会不高兴?’”

相关阅读

给小朋友说故事:《两只蝎子的寓言故事》(P215)。

7. 歌剧院里的老鼠

这是一个生活在巴黎一间仓库里的老鼠家庭，不是随便的那个仓库，而是巴黎歌剧院的仓库！大家都说老鼠非常聪明，可是却不常听说他们对音乐有多么敏感。这些老鼠选择住在这里，因为他们可以透过通风口听到音乐。当他们正听着他们最喜欢的曲目时，他们会觉得很幸福，双手合十，好像是在祈祷一样！

这里住着爸爸、妈妈、爷爷、奶奶和两个小女孩。每逢歌剧首演，他们都会穿上晚礼服或白色的洋装。而两个小女孩——爱尔莎和爱尔丝用一块被遗忘的纱状窗帘，做成粉红色的芭蕾舞裙。听着"破碎的核桃"音乐，翩翩起舞。她们梦想成为舞蹈家，甚至是知名的舞者。

在老鼠的家庭里，大家不会说很多的话。老鼠们都是非常严谨的，这一定是因为他们喜欢音乐的关系。他们双手交叉，闭着眼睛，静静地听着音乐，眼睛像星星般闪烁着。如果这时向他们提出一个问题，他们一定会这样回答：

"嘘！让音乐替我们说出想说的话。一切就是如此。"

他们让音乐替他们说话。

日子就这样地过着，就好像一部悠长的音乐。可是生活并不会一直都这么温和，不要问我为什么。有时就是有降符号，有八分音符会绊倒你们。这就叫做意外。

在爱尔莎四岁那年，因为太专心跳舞，没注意到乐团指挥的猫——菲尔帝的到来。磨了磨牙后，猫一口就把她吞到肚子里，就这么结束了一位名舞蹈家的一生。她当然也有可能会淹死，或是感染一种老鼠无法避免的疾病，这就叫做悲剧。而这次是被猫的牙齿咬死了。当然，没有什么好担心的。这种事情只有亿万分之一的发生机率。小老鼠们有所有应具备的能力来对抗他们的命运。也许你会觉得："猫吃老鼠，是很正常的事，不是吗？没有必要小题大做，或哭得像什么似的！"

可是当死亡袭击一个家庭时，就算是老鼠的家庭，也是一个非常大的不幸。尤其是遭遇不幸的是一个名叫爱尔莎的四岁的小女孩时。他的父母这么想着："我们永远都不会忘记她的。"爱尔丝想着："为什么是她？而不是我？"最可怕的是祖父母的想法，白发苍苍的奶奶想着："这怎么可能呢？死神一定搞错了。应该是我们第一个要走的，可是死的却是她。"

这在每个人心里都是一个沉重的降音符。流不尽的眼泪，沉默，噪音，这一切全都藏在内心里。没有什么好说的了，除了音乐变调了。它不再是属于梦想和幸福的这一边，而是代表着可怕的噩运。因为听音乐也会勾起伤心的回忆及对过去的怀念。

就这样，我们的小老鼠们再也不想听音乐了，哪怕只是一个音符。因为音乐会使他们非常伤心，会使他们想起他们的小妹妹。他们开始讨厌音乐，这些曾经令他们陶醉，现在会让他们想起他们的小舞蹈家的音乐。

每个音符都像是要撕裂他们的心。所以，他们需要安静。他们堵住了仓库的通风管，在耳朵里塞了棉花，他们本身也变得死气沉沉的，这个就称之为哀悼。

尽管他们这么做,有时候,还是会忍不住流眼泪。他们会偷偷擦拭眼泪,然后抱怨地说:“我的天哪,仓库里怎么这么多灰尘! 有一天一定要好好地打扫一下。”

然后,经过了好几个礼拜后的某一天,爱尔丝把耳朵紧紧贴在地板上,听着“破碎的核桃”里的前几个小节。这是爱尔莎最喜欢的部分。在她的心里开始有些东西微微震动着,就像拿出了一把放在橱柜里好多年的小提琴。奇怪的是,音乐再也不会令人伤心了。爱尔丝又开始跳舞了。

从这天开始,他们又打通了通风管,又开始静静地听着美丽的音乐,那来自远方,来自世界最深处,也许是来自爱尔莎心灵的音乐。听着音乐,双手合十,闭着双眼,他们有着比从前更多的爱。

他们听见爱尔莎的笑声,他们看见她跳舞,旋转着身体!爸爸心里想:“我现在知道为什么我这么喜欢音乐了,音乐让世界变得更辽阔。多亏了它,可以带我们到很远的地方去。也许会把我们带到一个有上帝,还有爱尔莎存在的地方。”可是他什么都没说。

妈妈想:“音乐为我们描绘了一个有上帝和死去的人的地方。这个地方不在地球上,更像是在天空里。这就是为什么音乐如此的美妙!”可是她什么都没说。

然后,爱尔丝想着:“这就像一本相簿。只要我听了几个音符,爱尔莎就会出现在我眼前。我更想念她了!”可是她什么都没说。

老鼠奶奶大声地说:“我,我听见我们的爱尔莎了。透过这些音符,我听见她的笑声,我看见她穿着粉红色的芭蕾舞裙旋转着,你们听!好像她还在这里的时候一样……”老鼠奶奶并没有发现自己讲得这么大声,这是爱尔莎的名字第一次被大声地说出来,而奶奶的话一直不断地有回音,就好像是在教堂里一样。

听到这些话,妈妈用围裙的一角偷偷擦了擦眼泪,说:

“又有一粒沙子跑到眼睛里了。我的天哪,有谁决定这几天之内,要好好地打扫仓库了?”

至于那只雄猫,他感到非常内疚,心里觉得很难受。他转过身想:“那些老鼠就算了吧,他们真是太难消化了,而且太聪明了。”

然后他从此就离开了歌剧院的仓库,转而去照顾……红金鱼!

给父母亲的话

◎ 死亡的问题 ◎

法兰克斯·朵乐多(Francoise Dolto)写道:“在家里,猫和小孩总是知道所有的事。”我们大家也都察觉得到,孩子们的确是很讨厌一些秘密、禁忌和隐瞒的事情。如果想要搞砸某件事,只要试着隐瞒这件事就足够了。

从几岁开始可以和他讨论死亡的问题呢?心理学家认为,从四岁开始,小孩对死亡就有了一点点的意识。可是他们并不知道死亡是无可避免的,也不知道死亡会令人难过。

六岁,在进入幼儿园大班时,童话般的想法会开始慢慢消失。不再相信小精灵、妖精和圣诞老人的存在,他们已经能够了解生命的循环,出生和死亡。

八岁左右,他们能够体会到死亡的普遍性和不可避免性。

他的反应

他的反应可能会像你们和他解释小孩是怎么来的时候那样出人意料。他可能会表现出分心的样子,坐立不安,拿出一张纸来画画……这并不表示他没有在听,恰好相反……

亲人的死亡

剩下关于亲人的死亡问题(爷爷,表哥,甚至是只小猫)。这完全是另一回事。要怎么应对呢?

解释这是世代交替不可避免的现象。“爷爷比爸爸早出生, 爸爸比你早出生”,“不要太难过,他死了是因为他已经走完了他的人生”……

如果是失去了弟弟或妹妹:“有时候人生是残酷的,会发生一些意外。这种事并不普遍,却随时有可能发生。要非常小心自己的安全。”

孩子们是很容易有罪恶感的。一定要毫不犹豫地说:“他的死,任何人都没有错……”

可以提到有关死亡后的事。在有信仰的家庭里，可以谈到宗教，或是一起谈到对过世的人的一些回忆。

——可以在回忆中或音乐里感觉他的存在。

应该让他参加丧礼吗？

在六到七岁时就可以建议他参加丧礼……总之，永远不要用他还太小的理由禁止他参加丧礼。想要保护他的心态只会产生一些不可说的秘密和创伤。其他的解决方法：让他去参加丧礼，可是快速地陪伴他经过死者的坟前。

重要句子

◆“虽然我们爱的人走了，我们却永远不会忘记他。他们会永远活在我们心中。你的爷爷（你的叔叔、你的表哥等等）教过你很多事不是吗？他们就是以这种方式继续存活在你的内心里。”

◆“我们会很伤心，有一段时间就好像是我们内心的某部分死掉了一样，我们会一直想哭。然后，渐渐地，有些更温和，更深沉的东西会取代伤心，就像回忆这样的东西……可是这不代表我们将会遗忘。”

◆当然，要避免一些避重就轻的回答：“他去很远的地方旅行了”，“他永远地睡着了”，“他睡着了”。最好不要让睡眠和死亡这两个字有含糊不清的关系。

8. 我的小猫咪死了

天气开始变冷了,艾丽斯穿上了水蓝色的外套。看着领子上的几根灰色的毛,她的心好像被重重地抓了几下。那是她死去的猫咪凯萨的毛。艾丽斯站在走廊上,一脸哀伤。她对自己说:“你在等什么,你这个笨蛋?”她没有听到任何人的声音,更别说是凯萨的声音了。

凯萨再也不会在她腿边蹭来蹭去, 也不会一边用头上下摩擦她的小腿,一边用猫咪的语言对她说:

“不要留我自己一个在家。为什么不带我一起出门?我自己在家好无聊喔。”

艾丽斯再也无法回答它:

“凯萨,要乖喔! 你知道我要去上学! ”

她再也不能把它高高地抱起,一面摸摸它的下巴,一面温柔地对它诉说一些秘密。

凯萨已经死了。

艾丽斯还记得带它去兽医那里打针的情景:长长的桌上,铺满了白色的纸,空气里弥漫着刺鼻的味道,兽医有一双方方大大的双手和蓝色的眼珠子。

“小朋友,要勇敢一点喔。你的猫咪不会感觉到疼痛的,我可以跟你保证,它将会安静地睡着。”兽医说。

艾丽斯看着凯萨,可是凯萨并没有看着艾丽斯。它的身体先是一阵紧绷,然后又突然放松,之后它就永远地离开了。

艾丽斯独自一人站在走廊上,穿着水蓝色的大外套,独自一人面对忧伤。在将灰色毛一根根取下时,她就想起从前放学回家后,凯萨用那粉红色又粗糙的舌头舔着自己的手臂,还有当它来到床上,轻轻发出呼噜声的情景。她觉得自己的心都快要碎了。“凯萨,我好想你!我真的好想你喔!”她还想要说些什么,却什么也说不出口。除了盖在她心里的那一层厚厚的阴霾。

妈妈来到艾丽斯背后,把手放在她的肩膀上,眼里充满了忧郁。

“艾丽斯,要走了吗?”她说。

事实上,妈妈什么也没多说,可是艾丽斯知道这句话背后所要表达的意思。妈妈想要对她说:

“千万不要伤心,你知道的,它的病是治不好的,我们必须要这么做。”

“我们真的必须要这么做吗?”艾丽斯在心里默默地问。

“真的,真的。”妈妈在心里回答道。接着是一片沉默。

艾丽斯再也不知道她的手臂、双手,还有她的心应该如何反应了。她再也不想替她的洋娃娃穿衣服,不想玩黏土了。而且,在每天都有小猫咪会死掉的日子里,她还有玩的权利吗?

当她想到每天死掉的那些上百、上千、上百万的猫咪和人……艾丽斯紧握着拳头,终于开口说话了。

“一切有什么用?我不懂!一只小猫咪生出来,生病……然后,死掉了。那我呢?却还要我高兴,欢笑,还要我出去散步?”她大声地叫出来。

妈妈叹了一口气说:“你知道一切都会过去。”

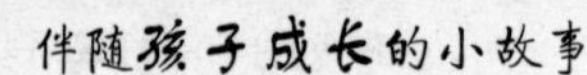

在这种情况之下很难找出合适的话说。她想对她解释痛苦的过程。

“你的悲伤将会慢慢地，静悄悄地变成过去。刚开始时，你会觉得很伤心，非常怀念他。接着会被一些美好的回忆取代。但这并不表示你会忘了他。相反，当你想到他时，当你看着他的照片时，你会对自己说：‘能认识他真好，虽然只有短短的几年，他却带给了我很多欢笑，而我也带给他很多欢乐。他让我知道猫咪是多么喜欢被抚摸下巴和耳朵。而我也让他知道，向一位从学校放学回来的人撒娇，是令人感到多么窝心。今天我觉得很开心，因为他再也不会痛苦，而我一样。’”凯萨并没有看着她了……

9. 小皮耶尔遇见历史夫人

皮耶尔和他的爸爸妈妈，他的猫阿勒福斯还有一只小白兔，住在一栋石板盖成的美丽的房子里。这是一个和其他孩子几乎一模一样的小男孩，除了他一直不停地提问题之外。每小时一百个问题，每分钟十几个问题！在很小的时候，还不会说话之前，他就会用手指着某个东西，一脸疑惑的样子，要是没有马上得到答案，他就会大声哭闹，一直到整个人都气到脸红彤彤为止。“为什么巧克力是咖啡色的？为什么兔子不喜欢吃巧克力？还有，为什么糖会是甜的？糖是怎么做出来的？为什么我们从来没有看过火星人，却说他们是绿色的？”他的父母无奈地望着天空，希望能得到解决的方法，可是还是找不到答案。

皮耶尔长得越大，他们就越头痛，因为随着年纪的增长，他问的问题越来越复杂。例如：“为什么会生病？为什么老人会死掉？为什么我是我，而不是侠盗罗宾汉？还有在被生出来之前，我在哪里？”这些问题都需要花一些时间来回答，可是当父母正忙着开车或准备晚餐时，对他们来说，是很难好好回答这些问题的。

当他提出某些问题时（例如，有关小宝宝、疾病、死亡），妈妈会无奈地摇摇

头，回答说：

“嗯……儿子呀，这些问题实在有些难回答。你可以给我一段时间好好想一想吗？”

然后，也许是因为她忘记了，也许因为她不知道该如何改变话题，皮耶尔的妈妈从来都没有回答过这些问题。

在某个年纪，如果总是得不到答案，你们就再也不会提问题了。这也是为什么有一天，当皮耶尔发现小白兔在笼子里死掉，身体变得硬梆梆的时候，他却不敢问妈妈任何问题，因为怕会让她觉得尴尬。他想，这一定是因为“死亡、生病、生孩子”这些字都是一些脏话的关系。所以小男孩只好安静地把小兔子埋掉，什么问题都不敢问。

他躲在花园的帐篷里，自己一个人想着生命和存在的问题，就像一般独生子女会做的事，这些问题就像是乌云一样盘旋在他的头脑里。他觉得有一点伤心，有点冷。可是他并不知道原来这就是孤单的感觉。

有一天下午，小皮耶尔又躲到他的帐篷里，他听到了一种非常温柔的声音。他看见一位女士，正用一双又黑又深沉的眼睛，微笑地观察着他。他应该也能在仓库里，在一堆老旧的杂物里或旧货摊里遇到她。或在第一次坐直升机时，在钓鱼时，音乐会时，可以在天空里看见她。

“你好，小朋友，你知道我是谁吗？我是历史夫人。”这位女士说。

“历史夫人？”

“我是来看一些心中充满疑问的小男孩的，就像你一样。为了告诉他们在有些书里可以找得到答案。”

“可以找到我所有问题的答案？”小皮耶尔睁大眼睛问。

这位女士迟疑了一下，说：

“你不一定会找到所有的答案，可是一定会找到你要的所有问题。当你在看书时，你将会发现一些和你一样的孩子。这也是为什么书是为了一些有好奇心的孩子，为了一些心中有上亿的疑问，一些想同时过着几种不一样生活的孩子而写的。不需要得到特别许可，你可以同时是侠盗罗宾汉、彼得潘！而且，最神奇的是，在书里，你可以学到生活，放松自己，品尝，游戏……做很多你没做过的事情！只需要几个字，几张纸，还有很多很多的想象力……”

她递给他一本书,他一脸渴望地收下了。随着阅读,他心中的那块乌云消失了,他轻松地想跳起舞来。风在树林里轻轻地说:“念吧,念吧……阅读是多么好的一件事。”小鸟们聚集在它们的巢里看着他在那儿如饥似渴地读书。

当他在翻书的同时,小皮耶尔以为听到了小矮人在窃窃私语,在和他一起翻书。事实上,他已经完全不是在花园里,他也不是在小木屋里。他有可能是在飞机里,在船上,或正和阿瑟王在城堡里。

他同时是所有一切,他感觉到一些和从前完全不一样的事。他从未看过海,却感觉到嘴唇上有咸咸的海水味,从来没有吃过柠檬蛋糕,却知道柠檬蛋糕的味道。他最讨厌女孩子了,却知道恋爱时那种心跳的感觉。

他把眼睛从书上抬起,想要问问历史夫人为什么在这么简单的几页里,一些墨水,几张纸,也许再加上一些想象力,却可以造成这么大的效果。

可是历史夫人已经不见了。远远地,他听见她温柔的声音对他说(不过这也许是风在树林里的声音,不是吗):

“小皮耶尔,我会再回来的。还有成千上万种不一样的书呢!”

那朵充满问题,乌漆抹黑的云终于飘走了。取代它的是一朵小小的透明的云,里面充满了渴望阅读世界上成千上万书籍的欲望。从这天开始,小皮耶尔再也不会觉得被那些问题压得喘不过气来了,只要一觉得有点冷,有点孤单,有点忧伤,他就会赶快拿起一本书,再开始一段神奇之旅。

给父母亲的话

◎ 另一个世界和哲学问题 ◎

孩子很快就会知道有另一个世界存在,一个不属于现实的世界。要注意不要让活在他心中的哲学家窒息。我们可以用一些他能了解,而且简单的字来回答他的问题。等他再长大一些,也可以培养他一些对哲学、看书、艺术的兴趣。

他提的那些复杂的问题可以在文学、诗、音乐、图画里得到回响……艺术是一种统一的语言,可以在我们的心里激起感动和喜悦,能让所有人都了解。这也是为什么让他们知道艺术是一件好事,不管是在博物馆里,在书里,或是在电视里(比如看歌剧)。

星期四他要学朗诵吗？与其呆呆地念出文章,还不如对他们解释文章中的含义,问他对文章有什么样的体会……

让他喜欢看书

如果他对看书还没有什么兴趣,那就对他们说一些自己小时候从文章中得到的乐趣(在我们那个时代,流行看的是小精灵或是童话故事,而不是哈利·波特)。也可以试着在图书馆里找一些书给他，把我们的感觉传达给他是很重要的。

千万不要太过挑剔！最好是让他看他有兴趣的书。当然这也包括食谱、漫画、童书。只要他对文字有兴趣,其他方面的阅读也会接踵而来。

重要句子

◆“常常,书本会变成好伙伴,对大人也是一样的。”

◆“书本是我们最好的朋友……它们常常会回答我们一些重要的问题。”

◆“有一位伟大的作家曾说过(孟德斯鸠),只要我们沉浸在书本里一个小时,再大的烦恼都可以遗忘……”

10. 阿波琳妮在寻找上帝

阿波琳妮非常非常好奇。当她会说话时，所说出的第一句话，既不是“爸爸”，也不是“蛋糕”，而是“为什么”。为什么白云是白的？为什么金鱼是红的？这样还算好的。问题可是会随着年纪而改变的。有一天，她在想大家都在讨论的上帝到底是谁。

“上帝就像爷爷一样，有白白的胡子。”

“可是不是圣诞老公公。上帝创造了世界，还有我们。上帝通常都住在天上。就是这样了，亲爱的。”

“真的吗？那他小时候住在哪里呢？他六岁的时候，应该就去上学了吧？”

妈妈深深叹了一口气，说：

“我的宝贝，上帝从来没有当小孩的时候，他一直都是非常伟大，非常仁慈的。都是因为他的恩惠，所以我们也是非常伟大和仁慈的。”

“如果是这样，为什么我的脚踏车上星期日会被偷走？妈妈？”阿波琳妮问。

阿波琳妮的妈妈叹了一口气，摇摇头说：

“这也是真的。上帝无法阻止地震，偷脚踏车，还有下课时有人打架的事情发生。上帝不能阻止人类互相残杀。事情就是这样。现在请你让我安心地工作，拜托你。”

这是阿波琳妮第一次没有得到答案。她站在房间中央，双手插腰地说：“上帝，你如果真的存在，马上变给我一个巧克力蛋糕，里面还要有可可豆，立刻！”

可是什么都没发生。这是当然的啰。

“快点，我很乖的……不然一个棒棒糖好了，一个可乐软糖。”

她紧闭着双眼，再睁开。

“变出一点神奇的东西，我就相信！”

可是，棒棒糖和软糖当然还是没有从天上掉下来。

隔天上学时，阿波琳妮问克劳拉、亨利、詹姆士一样的问题。

“我妈妈说上帝不存在。可是我相信上帝，他就是圣诞老公公。他们两个都有白胡子，而且没有人看过他们。他只是在圣诞节的那天，会穿着红衣服到地球来。”詹姆士回答。

克劳拉说：“我爸爸跟我说，有很多很多的神！有风神、雨神、麦神等等的这些神存在。”

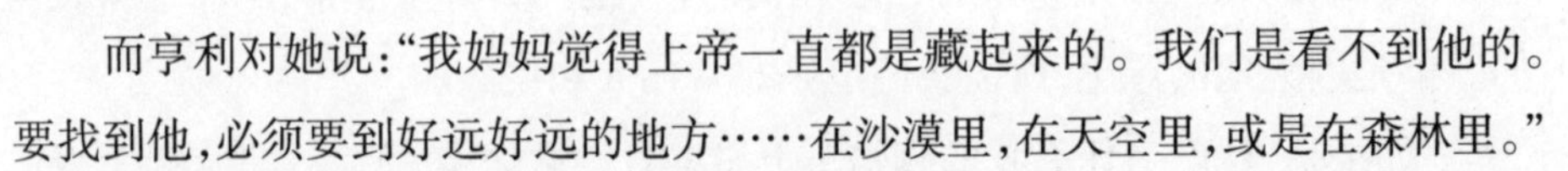

而亨利对她说：“我妈妈觉得上帝一直都是藏起来的。我们是看不到他的。要找到他，必须要到好远好远的地方……在沙漠里，在天空里，或是在森林里。”

可是这些听起来都很有道理的解释把事情都复杂化了。阿波琳妮收拾着包包，想着：“亨利说得有道理，所有的一切都在森林里发生。小红帽也是在森林里遇见大野狼的；金发女孩就是在那里看到了三只熊。那我要在那里找到上帝。”阿波琳妮因此前往森林的深处。在还没遇到任何东西之前，她已走了好几千米的路。终于，在她面前出现了一只小燕雀，正高兴地跳跃着。

“你好，小燕雀。我在找上帝！”阿波琳妮说。

“上帝就是春天，就是巢窝，就是一些小树枝、小草，外加一点点的太阳。我要走了，再见！”小燕雀张开翅膀飞走了。

阿波琳妮叹口气，摇了摇头。这还真像是一只云雀会给的答案……她又继续勇敢地向前走。在几百公尺之后，有一只灰色的兔子从她面前逃走。阿波琳妮大声地喊出她的问题：

“你有没有碰巧见过上帝？”

兔子停下来，伤心地梳了梳他的胡须，说：

“要是几个月前，我会跟你说他在这里，没有子弹也没有枪。可是我妈妈上星期日被一个猎人打死了。上帝有什么用？如果他看我们被杀害却袖手旁观？”

“真的是这样。我们也是，有地震、自然灾害、饥饿……而且我也是，上星期被偷了脚踏车……”阿波琳妮说。

可是兔子早就逃得远远的了。

天空开始渐渐地变暗了，阿波琳妮又饿又渴，心中的疑问让她觉得更饿，肠子都扭成一团。当她正想念起她柔软的房间，可是心中还是充满疑问时，她突然看见他——不是上帝，而是一位非常小的精灵，头上有着蓝色的鬃毛，在黑暗中微微地发亮。阿波琳妮跪在地上，用她最细小的声音说话。因为她知道当小精灵被吓到时，就会在眨眼之间消失。

“小精灵，告诉我……我想见上帝，想问他是不是爱我们，还是他一点都不在乎我们？你知道哪里可以找到他吗？”

“啊，啊，对不起，大女孩。你不可能见到上帝的，你知道为什么吗？”小精灵用他小小的声音说。

“不知道！”阿波琳妮说。

“上帝非常非常害羞。他到处躲藏。上帝在杨树的上方，在暖暖圆圆的太阳里。他在有香味的叶子里，在冬天之后的春天里，在傍晚远远的粉红的云彩里，在美丽忧伤会令你掉眼泪的音乐中。当你恋爱了，当你读到了一本令你非常感动的好书，上帝也会出现。”

然后，小精灵摇摇头说：

“你不会在噪音中发现上帝，当你跑得太快，笑得太大声时，也不会发现他，也许就在你正努力寻找他时，你也不会发现他。有时候，当我这样静静地坐着，风轻轻地吹在鼻子上，太阳轻轻地照在脸上，然后我会听到，而且看见上帝，尽管我闭着双眼。”

阿波琳妮再也不说话了，可是她心里想着：“我也是一样的。”而小精灵注视着阿波琳妮，把手指放在她的嘴巴上，说：

“现在，小女孩赶快回家去！最好不要把什么事情都解释得这么清楚，也不要全都分析清楚。要不然，上帝会像出现时那样迅速消失。不只是因为他很害羞，而且他还非常讨厌解释。”

阿波琳妮向小精灵告别，非常感激他。虽然阿波琳妮少了一些好奇心，却有更多的感动哽在喉咙里。

当她回到家之后，她开始弹钢琴。她弹了好久好久，一直到眼睛里都充满了泪水。这可是第一次发生这样的事情。这是一个小小的奇迹，比可乐棒棒糖好太多了！对燕雀来说，上帝是春天，对兔子来说，上帝是宁静。

“而我呢，上帝对我来说，是音乐。”她下定决心说。

不久之后，阿波琳妮成为了一位钢琴家。很奇怪的是，这使她不再那么好奇了。

给父母亲的话

◎ 有关上帝的问题 ◎

在四至五岁时，对死亡的想法刚刚开始在他心中产生。于是，他觉得有信仰上帝或另一个世界的需要，这是一种安心的感觉。某个亲人过世时，他常常会通过提问题的方式来讨论："那爷爷呢？他还会继续呼吸吗？他在天上过得怎样？他穿什么衣服？"在六至七岁这段开始懂事的年龄，他真正进入了现实世界，活在不再相信有圣诞老公公的世界里。这时，他会觉得有相信上帝的必要。他还会透过一些有关起源的叙述来讨论，最吸引他的是有关他自己的由来……我是怎么被生出来的？在我之前有些什么？宗教可停止这一连串的问题：对他而言，会觉得很安心。

该怎么回答他？

在有宗教信仰的家庭里，这很简单：在幼儿园大班时，就可以让他接触一些关于教义的课程。

如果在没有宗教信仰的家庭里，也要让他自己去发展自己对这些问题的看法，千万别激烈地打击他说我们不相信这些事，更不要说："没有死后的世界！"

相反，如果不信仰上帝，也不用费心地让他相信我们信上帝。

重要句子

◆对他说："你可以有不一样的想法，我们并不一定非得要有相同的看法。"

◆告诉他说上帝可能以另一种方式存在——这就是所谓的"超验性"。

◆"我们看不到他，可是我们可以感觉到有其他东西存在（一种现实以外的东西）。我们可以在音乐，在艺术，在书本里感觉到他。"

◆"这是一种宗教的情感，就好像当我们在教堂里，我们会开始一起祷告、一起唱歌一样。"

相关阅读

给小朋友说故事：《小皮耶尔遇见历史夫人》（P231）。

《歌剧院里的老鼠》（P223）。

外版引进

伴随孩子成长的小故事

说故事的过程中建立亲子关系，引领孩子走出渺小的自我。

外版引进

伴随孩子成长的小故事

在说故事的过程中建立亲子关系，引领孩子走出渺小的自我